高职高专新能源汽车产教融合创新教材

新能源汽车概论

主　编　刘翠清　李　懂

副主编　杨玲玲　周宝誉　林振琨

参　编　李　敏　谭克诚　黄　惠

　　　　　侯　捷　钟雪勤　韦　祎

　　　　　段剑利　方青媛　零梅勇

机械工业出版社

本书为高职高专新能源汽车产教融合创新教材之一，内容包括新能源汽车现状与发展趋势、新能源汽车的类型与电池概述、混合动力汽车、纯电动汽车和新能源汽车功能操作指南五个教学项目，并结合新能源汽车新技术发展方向与应用编写而成。

本书可作为职业院校、应用型本科院校新能源汽车技术和新能源汽车运用与维修专业的教学用书，也可作为汽车维修专业培训用书和相关技术人员的参考书。

图书在版编目（CIP）数据

新能源汽车概论 / 刘翠清，李懂主编. —北京：机械工业出版社，2023.3
高职高专新能源汽车产教融合创新教材
ISBN 978-7-111-72513-8

Ⅰ.①新… Ⅱ.①刘… ②李… Ⅲ.①新能源-汽车-高等职业教育-教材
Ⅳ.①U469.7

中国国家版本馆CIP数据核字（2023）第010834号

机械工业出版社（北京市百万庄大街22号　邮政编码100037）
策划编辑：谢　元　　　　　责任编辑：谢　元
责任校对：肖　琳　张　征　　封面设计：张　静
责任印制：李　昂
北京中科印刷有限公司印刷

2023年4月第1版第1次印刷
184mm×260mm·12.75印张·252千字
标准书号：ISBN 978-7-111-72513-8
定价：49.90元

电话服务　　　　　　　　　网络服务
客服电话：010-88361066　　机　工　官　网：www.cmpbook.com
　　　　　010-88379833　　机　工　官　博：weibo.com/cmp1952
　　　　　010-68326294　　金　书　网：www.golden-book.com
封底无防伪标均为盗版　　机工教育服务网：www.cmpedu.com

高职高专新能源汽车产教融合创新教材

编审委员会

前　言

近年来，新能源汽车行业迅猛发展，产销量大幅增长。各职业院校根据市场需求都开设了新能源汽车技术专业。选择适用的核心课程教材，对于职业院校专业建设至关重要。本书是在各院校的通力合作下，在行业、企业技术专家的大力协助下编写而成。

本书在编写过程中采用职业院校大力推广的"理实一体化教学法和任务驱动法"，项目规划科学，理实融合合理，利于教学过程中的讲解与实训，可实现课堂教学与实训实习无缝对接。

本书是高职高专新能源汽车产教融合创新教材之一，以新能源汽车为主题进行编写，主要选取目前市场上的主流新能源汽车车型为参考，全面讲解各类新能源汽车的定义、类型、特点及基本结构。部分车型为常见教学用车型，使教材内容更贴近实际，学生易于理解和记忆。

本书内容包括新能源汽车现状与发展趋势、新能源汽车的类型与电池概述、混合动力汽车、纯电动汽车和新能源汽车功能操作指南五个教学项目。每个项目又分若干任务，包含学习目标、职业素养要求、任务与思考、知识学习四个部分，可根据学习需求的不同进行增减。本书还配备了PPT课件和学习工作页等数字资源，方便授课教师参考使用。

本书编写人员分工如下：刘翠清和零梅勇编写项目一；李懂和李敏编写项目二；杨玲玲、黄惠和侯捷编写项目三；周宝誉、谭克诚和韦祎编写项目四；林振琨、段剑利、方青媛和钟雪勤编写项目五。

在本书的编写过程中，得到了上汽通用五菱汽车股份有限公司的大力支持，同时也得到南宁职业技术学院、广西理工职业技术学校、柳州市第二职业技术学校和柳州城市职业学院等院校的大力支持，在此表示感谢。

限于编者水平，书中难免有疏漏之处，恳请广大读者提出宝贵建议，以便进一步修改和完善。

编　者

目　录

项目三
混合动力汽车

项目四
纯电动汽车

项目五
新能源汽车功能
操作指南

项目一　新能源汽车现状与发展趋势

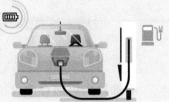

任务 1　新能源汽车发展背景

学习目标

1. 理解并掌握新能源汽车的定义及种类。

2. 理解并掌握新能源汽车发展的历史。

3. 理解并掌握新能源汽车发展现状。

职业素养要求

1. 严格执行汽车检修规范，养成严谨科学的工作态度。

2. 养成总结训练结果的习惯，为下次训练积累经验。

3. 养成团结协作的精神。

4. 严格执行 5S 现场管理。

任务与思考

1. 请查阅资料回答发展新能源汽车的背景知识有哪些。

2. 请查阅资料简述新能源汽车的发展历史。

🔆 知识学习

石油短缺、环境污染、气候变暖是全球汽车产业面对的共同挑战，各国政府及产业界纷纷提出各自发展战略，积极应对，以保持其汽车产业的可持续发展，并提高未来的国际竞争力。

一、发展新能源汽车的背景

1. 能源危机迫在眉睫

石油巨头英国石油公司（BP）发布的《世界能源统计年鉴2021》显示，2020年底全球石油探明储量较2019年减少了20亿桶，总量为1.732万亿桶。根据2020年的石油储产比，全球石油以现有的生产水平还可以生产50余年。石油输出国组织（欧佩克）拥有70.2%的全球储量，储量最高的国家是委内瑞拉（占全球储量的17.5%），紧随其后的是沙特阿拉伯（17.2%）和加拿大（9.7%）。

2000—2020年，美国、英国、伊拉克、中国和加拿大石油探明储量对比见表1-1。

表1-1　美国、英国、伊拉克、中国和加拿大石油探明储量

国家	2000年底 /亿桶	2010年底 /亿桶	2020年底 /亿桶	2020年底 占总量比例（%）
美国	304	350	688	4.0
英国	47	28	25	0.1
伊拉克	1125	1150	1450	8.4
中国	152	233	260	1.5
加拿大	1815	1748	1681	9.7

美国能源部预测，2025年以后，全球石油需求与常规石油供给之间将出现净缺口，2050年的供给缺口几乎相当于2000年石油总产量的两倍。世界汽车保有量预计到2030年将突破20亿辆，主要增量来自发展中国家，其中我国增速全球第一。汽车消费的快速增长导致石油消耗加速增长。我国机动车燃油消耗量约占全国总油耗的1/3，这使我国石油对外依存度逐年攀升。

目前我国汽车用汽柴油消费占全国汽柴油消费的比例达到55%，每年新增石油消费量的70%以上被新增汽车所消耗。我国经济持续快速发展，石油资源的需求激增，能源供需矛盾日益突出，对进口石油的依赖度不断提高。

2. 汽车对环境的影响

燃油汽车在行驶过程中会产生大量有害气体，不但污染环境，还大大影响人类健

康。汽车尾气排放的主要污染物为一氧化碳（CO）、碳氢化合物（HC）、氮氧化物（NO_x）、铅（Pb）、细微颗粒物及硫氧化合物等。这些一次污染物还会通过大气化学反应生成光化学烟雾、酸沉降等二次污染物。据统计，全球大气污染物有42%源于交通车辆产生的污染。随着城市机动车数量的快速增长，机动车尾气排放污染已成为城市大气污染的主要来源。一些大城市机动车尾气排放的污染物对多项大气污染指标的贡献率达到70%。机动车尾气排放污染对人体的健康已构成了严重威胁。

虽然现代科学技术的运用使得汽车发动机的废气排放量和工作噪声已经降得很低，但是由于城市街道上的车流过于密集，汽车排放的废气和发出的噪声对人类的生存环境还是造成了严重的影响。

2013年春季，浓浓雾霾遮蔽了我国中东部地区。环保部门的统计数据显示，从华北到黄淮、江南地区，都出现了不同程度的污染。尤其是北京、天津、石家庄等城市，由于低空地面的空气污染物久积不散，连续出现空气质量中度污染和严重污染，PM2.5、PM10、硫酸或硝酸盐等主要污染物徘徊在较高、超标准浓度水平，形成的雾霾天气严重影响了人们的身心健康和日常出行，引起了全社会的广泛关注。机动车是雾霾形成的重要因素之一，因此必须研究改善城市机动车排放污染的对策和措施。

降低和控制机动车排放污染的主要措施有以下方面。

1）不断完善和升级汽车油耗标准。近年来，我国汽车行业相关油耗标准不断升级，随着汽车油耗标准法规水平升级，2020年生产的乘用车平均燃料消耗量降至4.5L/100km以下，商用车新车燃料消耗量接近国际水平。

2）不断完善和升级汽车排放标准。要通过制定和实施汽车排放标准法规，逐步提高汽车排放技术水平，降低汽车尾气排放。2016年12月23日，环境保护部、国家质检总局发布《轻型汽车污染物排放限值及测量方法（中国第六阶段）》，自2020年7月1日起实施。2018年6月22日，环境保护部、国家质检总局发布《重型柴油车污染物排放限值及测量方法（中国第六阶段）》，自2019年7月1日起实施。2021年5月26日，生态环境部举行例行发布会通报，7月起，我国将全面实施重型柴油车国六排放标准，标志着我国汽车标准全面进入国六时代，基本实现与欧美发达国家接轨。与国五标准相比，重型车国六氮氧化物和颗粒物限值分别降低77%和67%。轻型汽油车单车碳氢化合物（HC）和氮氧化物（NO_x）国六排放限值较国一下降90%。

3）提高燃油品质。燃油品质在很大程度上限制了机动车排放污染物的水平，推迟了汽车排放法规的实施，因此应尽快提高燃油品质。

4）积极开展先进节能减排技术的研发和创新。汽车行业应大力发展混合动力技术、柴油机高压共轨、汽油机缸内直喷、均质燃烧及涡轮增压等高效内燃机技术和先进电子控制技术，以及先进传动系统技术（包括六档及以上机械变速器、双离合器式自动变速

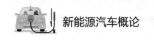

器、商用车自动控制机械变速器等）。开展高效控制碳氢化合物等污染物排放技术研究等，积极推进有关先进技术的应用。

5）大力发展节能与新能源汽车。我国出台了《节能与新能源汽车产业发展规划（2012—2020年）》，基本建立了新能源汽车技术研发体系，积极推广示范运行，初步形成了节能与新能源汽车产业化能力，并取得了积极进展。

6）改善城市交通环境。在城市中，即使是每辆机动车都达到国家规定的排放法规要求，也不能保证城市的交通污染就一定达到环保标准要求，这是由于大量机动车在一定时间、空间内的相对集中，从而造成城市的某一地区在排放污染物总量上超标。因此，从机动车管理的角度来考虑，需要疏导交通，提高机动车运行速度，改善机动车运行工况，降低机动车污染排放。

欧洲制定了旨在限制汽车污染物排放的欧V和欧VI标准。未来欧盟国家对本地生产及进口汽车污染物排放量的限制，特别是碳氢化合物和颗粒物排放量的限制将日益严格。

欧V标准于2009年9月1日开始实施。根据这一标准，柴油轿车的碳氢化合物排放量应不超过180mg/100km，比欧IV标准规定的排放量减少了28%，颗粒物排放量则比欧IV标准规定的减少了80%，所有柴油轿车必须配备颗粒物滤网。柴油SUV执行欧V标准的时间是2012年9月。

相对于欧V标准，于2014年9月实施的欧VI标准更加严格。根据欧VI标准，柴油轿车的碳氢化合物排放量应不超过80mg/100km，与欧V标准相比，欧VI标准对人体健康的益处将增加60%~90%。

欧VI标准将分两个阶段实施。首先，针对全部批准的新车型实施，生效日期是2013年1月1日。之后，从2014年1月1日起，所有从2014年1月1日开始注册的货车和客车都必须装备欧VI认证发动机。欧VI标准规定的尾气排放中各成分的含量有显著降低，改变包括：所有的NO_x排放降低至0.46g/（kW·h），同欧V限值相比下降了75%；PM降低到0.01g/（kW·h），或是说同欧V相比下降了66%；推出了更低的排放限值；对所有运行70000km或7年的车辆的欧VI发动机有一个加强排放耐久性要求；对发动机的车载诊断系统（OBD）性能要求进一步提升；采用新的全世界范围内的"瞬态"和"稳态"测试循环，包括冷起动和正常运行温度时部件状态，测试状态的设计更接近车辆在真实环境中运行时部件的反应。

柴油面包车和7座以下客车实施欧V和欧VI标准的时间分别比轿车晚1年。2010年9月，轻型客车等实施欧V标准，氮氧化物排放量应不超过280mg/100km；2015年9月实施欧VI标准后，新款面包车的氮氧化物排放量应不超过125mg/100km。

3.气候变暖

能源的大量消耗带来温室气体排放问题。二氧化碳是全球最主要的温室气体，是造成气候变化的主要原因，而它主要来自化石燃料的燃烧。据科学家预测，未来 50~100 年人类将完全进入一个变暖的世界。由于人类活动的影响，温室气体和气溶胶的浓度增加过快，未来 100 年全球平均地表温度将上升 1.4~5.8℃，到 2050 年我国平均气温将上升 2.2℃。

越来越多的证据证明，人类活动是造成气候变暖的原因，而气候变暖又是由于大气中聚集了大量温室气体，其中主要是二氧化碳。交通领域二氧化碳排放成为关注重点。据国际能源署（International Energy Agency，IEA）估计，汽车二氧化碳总排量将从 1990 年的 29 亿 t 增加到 2020 年的 60 亿 t，汽车对地球环境造成了巨大影响。

控制消费和节约能源是减少二氧化碳排放量的重要途径。仅在工业发达国家，人均能源的消费指数在 1~3 之间，这就表明，节约能源的余地是极大的。当然，还可以考虑保持适当的消费水平，同时用那些不会产生温室效应的替代品来取代会造成污染的能源。

为了减少汽车对全球气候变暖的影响，削减温室气体二氧化碳的排放，汽车应尽量采用小排量发动机和稀薄燃烧发动机，提高能源利用效率。为了减少汽车二氧化碳的排放量，汽车二氧化碳排放法规开始实施。2008 年，欧盟要求轿车二氧化碳排放量降至 140g/km，对于汽油车，对应油耗 6L/100km 以下；2012 年，降至 120g/km；2020 年，降至 100g/km。

我国采用一系列先进技术，包括电动汽车、天然气汽车和以天然气为燃料的内燃机技术，到 2030 年，我国汽车二氧化碳的排放总量有望降低 45%。

在能源和环境保护的压力下，新能源汽车无疑将成为未来汽车的发展方向。大力推进传统汽车节能减排和新能源汽车产业化，成为我国汽车产业亟须解决的重大课题。

二、新能源汽车发展历史

1.第一次发展机遇

1859 年法国著名物理学家普兰特（Plante）发明了第一块铅酸蓄电池，这为以后电动汽车的实用化创造了必要的条件。1916 年 8 月，世界第一辆油电混合动力电动汽车问世，这款双排座的轿车使用操纵杆代替加速踏板。1920 年 1 月，第一辆充电式汽车问世。

1920 年 8 月，经济型电动车风行天下。这种在 1920 年前后生产的电动车，体积小、质量轻，因此最大限度地发挥了电动机的功能。这种汽车的使用成本比燃油车更低。第

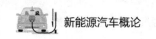

一次世界大战之后，油价不断上涨，仅英国电动汽车的使用量便增加了 8%，成了一种更经济实用的交通工具。

到了 20 世纪 30 年代末，这种以蓄电池为电源，用直流电动机产生驱动力的电动汽车逐渐消失了。其主要原因是当时的蓄电池性能较差，电动汽车的成本太高而续驶里程太短。在这一时期，由于大量油田的开发，廉价的石油降低了汽车的使用成本，加上内燃机技术及汽车底盘技术的不断提高，并采用流水线生产方式大规模批量制造，使内燃机汽车在市场竞争中占据了绝对的优势，电动汽车被无情地淘汰。

2. 第二次发展机遇

20 世纪 70 年代，全球能源危机和石油短缺使电动汽车重新获得生机，人们又想起了可不用石油资源的电动汽车。1968 年 12 月，通用汽车公司推出斯特林混合动力发动机。

1968 年，发展势头强劲的通用汽车公司把斯特林发动机与 14 个 12V 电池组合在一起。这款汽车引进了每小时 48 km 的"盈亏平衡"速度新概念。由于斯特林发动机不断为汽车充电，因此电力不会耗尽，但是汽车的起动和关闭需要耗时 20s 以上。

1973 年出现了好几款电动汽车，包括一款电动巴士和一种全木车身的轿车。然而，全木车身并没有风行天下，电池寿命的问题仍然困扰着大家。人们期待着汽车充电问题出现新的技术突破。

1975 年 11 月，出现了带发电机拖车的豪华版电动汽车。Transformer 1 型车是推向市场的第一款豪华版长途用电动车，不过它有一个吸引人的部分———一辆为长途旅行提供动力的汽油发电机小拖车。有了它，汽车能够以每小时 80km 的速度连续行驶 1770km。

在电动汽车技术得到进一步发展以后，欧美、亚洲诸多国家开始研发和生产电动汽车，但是石油价格在 20 世纪 70 年代末开始下跌，在电动汽车还未成为商业化产品之前，能源危机和石油短缺问题已不再严重。因此，电动汽车遭遇冷落，电动汽车的发展又跌入低谷。

3. 第三次发展机遇

20 世纪 80 年代以来，随着汽车保有量的不断增加，内燃机汽车排放的有害气体对人类健康的影响日益突出，并且内燃机汽车需要消耗大量有限且不可再生的石油资源。

为了应对 20 世纪 90 年代初日益严重的废气问题，洛杉矶把目光投向了电动汽车。洛杉矶电动车提议拿出一份订购 1 万辆电动汽车的合同。奥迪公司推出一款"双动力"混合车，后轮电力驱动，前轮汽油驱动。有人提出更激进的思路，修建一套通过路面供电的系统，以便让这些在路上行驶的汽车始终处于充电状态。

1991 年 12 月，宝马公司推出 E1 电动汽车。宝马公司于 1991 年在法兰克福车展上推出 E1 电动汽车。这辆电动概念车的外壳材料是可回收塑料，整车质量不到 907 kg，一次充电可行驶 273km，最高时速达 128km。

1994 年，通用 Impact EV1 开始路测。两年后，它成为大型制造公司用现代化批量生产的方式推出的第一款电动汽车。

1997 年出现混联式混合动力汽车，传奇车型丰田普锐斯诞生，如图 1-1 所示。三年后，它成为风靡全球的新能源汽车。同时，它先进的混联式混合动力系统，也在新能源汽车发展史上留下了浓重的一笔。2003 年，采用镍氢电池组、搭载 THS- Ⅱ 系统、综合油耗 5.1L 的普锐斯二代从诞生开始就大获成功。

图 1-1　丰田普锐斯

2008 年 11 月，电动汽车迎来了新的春天。如今，菲斯科 Karma、日产 Denki Cube、雪佛兰 Volt 和特斯拉 Roadster 等车型纷纷加入未来充电汽车的行列。这些汽车都采用新的锂离子电池技术，准备把汽车的性能与活动范围推上一个新的境界。

2013 年，比亚迪秦发布。这款续驶里程超过 80km、搭载 1.5T 发动机的并联混合动力电动汽车，享受补贴后仅十几万元，新能源汽车正在走近普通消费者。

2015 年，比亚迪 e5 纯电动汽车上市，采用最大功率为 160kW 的电动机，最大转矩 310N·m，最高车速 130km/h，搭载磷酸铁锂电池组，综合续驶里程可达 305km。

三、新能源汽车发展现状简介

1. 国外新能源汽车现状

由于气候变暖、环境污染、能源危机等原因，新能源汽车的开发早已引起了全球汽车生产厂家的关注，一些著名的汽车公司转向研究和开发新能源汽车。各国政府也相继发布新能源汽车发展战略和国家计划，加大政策支持力度，增加研发投入，全力推进新能源汽车产业化。随着新能源汽车技术瓶颈突破的预期大大加快，新能源汽车产业进入了快速发展的新阶段。

（1）国外纯电动汽车的状况　国外纯电动汽车的主要应用在小型乘用车、大型公交车、市政与邮政等特殊用途车辆。纯电动汽车已经有 100 多年的历史，但由于传统铅酸电池的续驶里程等使用性能指标不能满足纯电动汽车的要求，纯电动汽车的研发处于停滞不前的状态。随着高性能锂离子电池和一体化电力驱动系统等技术的发展应用，纯电动汽车再次受到各国政府和企业的重视。纯电动汽车已在续驶里程、动力性、快充技术等方面取得了可喜的进展，已经进入实用化阶段。

目前，纯电动汽车的技术攻关重点集中在提高动力蓄电池性能、降低成本方面。与传统的汽车性能、成本比较，要满足产业化要求，纯电动汽车动力蓄电池的质量能量密度需大幅度提高，成本也需大幅度下降。

（2）国外混合动力汽车的状况　日本最早研发混合动力汽车，并最先实现了产业化。丰田普锐斯（Prius）于 1997 年 10 月底问世，是世界上最早实现批量生产的混合动力汽车，全球累计销量已超过 200 万辆。早期的普锐斯采用氢镍电池、串并联控制方式，百公里油耗 3.4L。目前，普锐斯已推出第三代产品，采用锂电池作为动力蓄电池，其性能得到大幅度改善。自 1997 年丰田首先在日本推出普锐斯混合动力汽车以来，其他各大汽车厂家纷纷推出混合动力汽车产品，如本田 Insight、通用 Saturn VUE、福特 Escape 等。随着技术的成熟和生产规模的扩大，成本大幅下降。欧洲混合动力汽车技术起步较晚，采取与美国合作方式，共享混合动力总成技术，主要应用于采用传统技术油耗较高的车型上。

国际上，混合动力商用车也取得了快速发展，已开发了混合动力公交车、市政用车和军用车等。美国在混合动力公交客车的开发和应用上取得了一定的成果，目前已有多个车型在运行。欧洲客车和货车生产商已将目光聚焦在混合动力技术上。德国奔驰、瑞典沃尔沃和波兰索拉丽斯等公司相继开发了混合动力商用车。混合动力技术是由单一发动机驱动向纯电动驱动转移的必经环节。合理采用混合动力技术可以较明显地节油减碳，并将成本控制在一定范围内。因此，混合动力汽车已成为世界各国汽车公司产业化的重点。随着电池技术的逐步成熟，逐渐提高混合度以实现传统能源向电气化转化，是混合动力技术发展的方向。前期主要为单电机并联、双电机并联和双电机混联等方案，后期将向插电式方案发展，实现向纯电动方案过渡。在动力系统结构方面，混合动力汽车将向更高的集成度发展。根据车用能源的发展情况，有发动机与电机集成、传动系统与电机集成两种趋势，从而实现向电动化转型。

（3）国外燃料电池汽车的状况　氢燃料电池汽车是使用液态氢作为汽车的动力蓄电池能源，与大气中的氧发生化学反应，从而产生电能来起动电动机，进而驱动汽车。由于燃料电池汽车技术的战略意义十分重大，发达国家都在潜心致力于燃料电池汽车的研究，美国通用与日本丰田、美国国际燃料电池公司与日本东芝、德国奔驰与西门子、法国雷诺与意大利 De Nora 公司等纷纷组成强大的跨国联盟，优势互补，联合开发并推出了一系列的燃料电池汽车。

近年来，燃料电池出现模块化趋势，单个燃料电池模块的功率范围被界定在一定的范围之内，通过提高产品性能实现模块化组装，以满足不同车辆对燃料电池功率等级的要求。通过采用混合动力技术，优化蓄电池和燃料电池的能量分配，以有效提高燃料电池的寿命、降低系统成本。燃料电池汽车技术攻关的焦点是提高可靠性、耐久性。目前，美国能源部正在支持几种新型锂离子化学电池的探索性研究。方案涉及对锂合金、高电压正极材料、锂硫电池、锂金属电池、锂聚合物电池的研究等。据悉，美国政府还向有技术优势的汽车厂商提供超过 250 亿美元的贷款，并对该国电池工业提供了 20 多亿美元的补贴。

2. 国内新能源汽车的现状

2012 年 7 月 9 日，国务院正式发布了《节能与新能源汽车产业发展规划（2012—2020 年）》（以下简称《规划》），明确以纯电动汽车为新能源汽车发展和汽车工业转型的主要战略取向，《规划》内容明确以纯电驱动为汽车产业未来的重要方向，也是解决汽车普及过程带来的能源与环境问题的根本性措施，具有战略性意义。

自 2014 年 9 月 1 日至 2017 年年底，我国对获得许可在中国境内销售（包括进口）的纯电动以及符合条件的插电式（含增程式）、混合动力、燃料电池三类新能源汽车，免征车辆购置税。2014 年 7 月，国务院办公厅发布《关于加快新能源汽车推广应用的指导意见》（以下简称《指导意见》），部署进一步加快新能源汽车推广应用。《指导意见》从总体要求、充电设施建设、积极引导企业创新商业模式、推动公共服务领域推广应用、进一步完善政策体系、坚决破除地方保护、加快创新能力建设、进一步加强组织领导 8 个方面提出 30 条具体政策措施，促进新能源汽车产业转型升级。

《中国制造 2025》提出，将节能与新能源汽车作为重点发展领域，继续支持电动汽车、燃料电池汽车发展，掌握汽车低碳化、信息化、智能化核心技术，提升动力电池、驱动电机、高效内燃机、先进变速器、轻量化材料、智能控制等核心技术的工程化和产业化能力，形成从关键零部件到整车的完成工业体系和创新体系，推动自主品牌节能与新能源汽车与国际先进水平接轨，为我国节能与新能源汽车产业发展指明了方向。

2020 年我国新能源汽车产销量分别达到 136.6 万辆和 136.7 万辆，同比分别增长 7.5% 和 10.9%，其中，纯电动汽车和插电式混合动力汽车产销表现均好于上年。2021 年我国新能源汽车产量达 354.5 万辆，较 2020 年增加了 217.9 万辆，同比增长 159.52%，销量达 352.1 万辆，较 2020 年增加了 215.4 万辆，同比增长 157.57%。我国新能源汽车 2022 年预计实现产销 550 万辆、保有量 1000 万辆，2030 年产量将达到 1200 万辆，对汽车总产量的贡献率超过 24%。

3. 新能源汽车的发展趋势

随着科学技术的发展，新能源汽车的主要发展趋势如下：

1）突破动力蓄电池技术是关键。作为动力源，现在还没有任何一种电池能与石油相提并论，动力蓄电池已成为限制电动汽车发展的瓶颈。因此，研究和开发不污染环境、成本低廉、性能优良的动力蓄电池，是大量推广使用电动汽车的前提。

2）驱动电机呈多样化发展。美国倾向于采用交流感应电动机，其主要优点是结构简单、可靠，质量较小，但控制技术较复杂。日本多采用永磁无刷直流电动机，优点是效率高、起动转矩大、质量较小，缺点是成本高，且有高温退磁、抗震性较差。德国、英国等大力开发开关磁阻电动机，优点是结构简单、可靠、成本低，缺点是质量较大，易产生噪声。

3）纯电动汽车向超微型发展。由于受续驶里程的影响，纯电动汽车向超微型发展。超微型汽车降低了对动力性和续驶里程的要求，充电过程比较简单，车速不高，较适合于市内或社区内小范围使用。

4）采用混合动力汽车作为过渡产品。混合动力汽车是内燃机汽车和纯电动汽车之间的过渡产品，既充分发挥现有内燃机技术优势，又尽可能发挥电机驱动无污染的优势。

5）燃料电池汽车成为竞争的焦点。燃料电池汽车在成本和整体性能上，特别是续驶里程和补充燃料时间上明显优于其他电池的电动汽车，并且燃料电池所用的燃料来源广泛，又可再生，可实现无污染、零排放等环保标准。因此，燃料电池汽车已成为世界各大汽车公司 21 世纪激烈竞争的焦点。燃料电池及氢动力发动机车型被看作新能源汽车最终的解决方案。

6）开发新一代车用能源动力系统。开发新一代车用能源动力系统，发展新能源汽车。重点发展各种液态代用燃料发动机及其混合动力汽车，并逐步过渡到发展采用生物燃料的混合动力汽车和可充电的混合动力汽车；进一步发展以天然气为主体的气体燃料基础设施，分步建设长期可持续利用的气体燃料供应网络；以天然气发动机为基础，发展各种燃气动力，尤其是天然气或氢气内燃机及其混合动力；发展新一代燃料电池发动机及其混合动力；大力推进动力蓄电池的技术进步，发展适合我国国情的纯电动汽车尤其是微型纯电动汽车；以城市公交车辆为重点，以点带面，稳步推进新能源汽车的示范与商业化。

7）政府的政策和资金支持加大。政府对加快新能源汽车的发展起着至关重要的作用，政府要加大资金投入和政策引导，汽车企业要加大对新能源汽车研发力度；同时要加大示范运行范围和力度，为新能源汽车规模化、产业化发展做准备。

任务 2　发展新能源汽车的必要性和战略意义

学习目标

理解新能源汽车发展的必要性和战略意义。

职业素养要求

1. 严格执行汽车检修规范，养成严谨科学的工作态度。
2. 养成总结训练结果的习惯，为下次训练积累经验。
3. 养成团结协作的精神。
4. 严格执行 5S 现场管理。

任务与思考

1. 特斯拉 Model S 0~100km/h 加速只需_____s，一次充电续驶里程可达_____km。
2. 新能源汽车"三纵三横"发展策略中，"三纵"指的是纯电动汽车、_____和_____，"三横"指的是电机、电池和_____。
3. 比亚迪 e6 最大的亮点，即采用_____驱动。

知识学习

一、发展新能源汽车的必要性

随着全球经济的发展，能源和环境问题日益突出，降低车用化石能源消耗、减少汽车二氧化碳及各种污染物排放，是全球应对能源和环境问题最重要的举措之一。新能源汽车是汽车工业的时代产物。从国家层面讲，汽车工业较为发达的国家都以不同形式阐述了新能源汽车发展计划及技术路线，如日本政府先后发布了《下一代汽车战略2010》和《纯电动和插电式混合动力汽车指导方针》，美国政府发布了《电动车普及大挑战蓝图》，德国政府发布了《国家电动汽车发展计划》等，这些计划为各国新能源汽车发展起到了明确的技术引领作用。

作为我国战略性新兴产业之一，新能源汽车的发展承载着缓解石油资源短缺压力、解决日益严重的环境污染问题、实现我国汽车产业结构调整和转型升级的任务。我国政府高度重视新能源汽车技术和产业发展，先后发布了《节能与新能源汽车产业发展规划

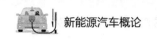

（2012—2020 年）》《中国制造 2025》《新能源汽车产业发展规划（2021—2035 年）》等一系列战略规划和推进政策，为我国新能源汽车发展明确了方向。

1. 发展新能源汽车产业是推动经济发展方向转变、促进经济增长的战略需要

进入 21 世纪以来，全球能源与环境的问题异常严峻，新能源汽车技术的应用，能降低我们对石油的依赖程度，减少二氧化碳排放，取得明显的节能与环保效益。电动汽车产业化和运营商业化的发展，也为发展电动汽车关键零部件产业、电池和材料产业以及电力资源的合理利用提供了机会。另外，电动汽车的生产和推广使用将提供数以万计的就业机会，为城市带来新的经济增长点，同时还能推进下游行业的转型，带动一大批相关行业的快速发展，进而推动整个经济发展模式的转变，促进国民经济的可持续发展。

新能源汽车的引进将使整个汽车的价值链发生变化，电动汽车产业链的建设一般需要三个环节：研发、汽车制造和利用（包括充电基站）。现在，在我们的传统产业里面，价值链上的利润主要是集中在上游，在石油开采、石油供应方面。当新能源汽车占主导地位时，它的价值链会发生变化，是在汽车及其部件、电力供应以及诸多围绕着新能源汽车而服务的那些产业发展，它的增值是在下游。新能源汽车是一个新的产品，它的生态系统不仅仅包括原始设备制造商和消费者，还有很多其他角色。比如说汽车经销商、零售商、服务中心、电池制造商，还有很重要的角色是电力工业、充电网络，这是它的整个生态系统。在推进新能源汽车生产的时候，也是一个推进其上下游产业链发展的过程，产生协同、辐射效应，进一步带动地区经济的发展。

车用燃料电池、蓄电池和电机是适应高效、清洁、经济、安全的新能源体系要求的技术，它们的发展将带动相关能耗设备的高效化和清洁化，加快我国新能源技术的发展步伐。新能源汽车同时为我国的能源安全和环境的改善作出贡献，由于电动汽车的电力可以从多种一次能源获得，如煤炭、核能、水能、风能、光和热等，解除人们对石油资源日渐枯竭的担心。在常规能源发电的基础上，随着电动汽车产业的发展必然会带动相关新能源发电产业的发展，充电站未来将更多采用光伏屋顶发电系统作为补充，远期利好光伏行业的发展，为解决国内光伏产业产能过剩和促进国内光伏产业的发展提供了广阔的市场，进一步带动地方就业，促进当地经济发展。

2. 发展新能源汽车产业是智能电网建设的重要内容

传统的电力系统实际用电负荷的波动性与发电机组预定工况下所要求的用电负荷稳定性之间存在固有矛盾，如何处理电力系统的峰谷差一直是电网企业头疼的问题。我国电力装机已突破 8 亿 kW，并将继续快速增长，但目前电站的年利用小时数仅为 5000h，也就是说，许多机组是为了应对电力系统短时间的峰值负荷而建设的，如果措

施得法，建设 6 亿 kW 的装机容量就够用了。电动汽车作为分布式储能装置，可以通过协调控制其充放电过程，使电动汽车不仅能通过电网充电，还能将电反馈给电网，使之在系统负荷高峰时放电、低谷时充电，实现系统的削峰填谷。同时通过电动汽车充放电优化控制，可以平抑风力和太阳能发电的波动，提高新能源发电的利用效益和电网接纳新能源发电接入的能力。比如，在晚上用电低谷时期，可以对电动汽车进行充电，将能量储存在电池里，然后在白天用电高峰期，由车辆向电网并网放电，将储备的电反馈给电网，这在一定程度上减轻了电网的供电负担，从而实现削峰填谷。现在我国高峰电力使用如此紧张，若以后电动汽车普及，依靠每家的电动汽车，也能在一定程度上起到稳定电力的作用。那电动汽车将不仅是一个交通工具，更是一个利于民生的电力传导工具。那么峰谷差的问题就可以迎刃而解了。按照这样的设想建立起来的电网，将具有一定的自我调节能力。电力系统的发、输、配、售、用以及调度等各个环节将会形成有效的互动，成为一个智能化的有机整体，从而极大地提高电力系统的安全性和可靠性。可以预计，作为智能电网建设的重要组成部分，新能源汽车将带来电力系统的一场革命。

3. 新能源汽车产业是汽车产业发展的必由之路

电动汽车在本质上是一种零排放汽车，一般无直接排放污染物，间接的污染物主要产生于发电环节以及电池废弃物。如果从发电环节来看，风能、水能、核能的大力发展均可以给我们带来可观的清洁能源。单从污染严重的火力发电来看，其对大气污染的控制难度也大大低于燃油汽车。对于电池废弃物，目前回收技术日益成熟，并且当前也逐渐开发出了污染低、安全性好的新型蓄电池。从直接和间接污染来看，电动汽车都是现阶段最理想的"清洁车辆"。相关资料显示，电动汽车与燃油汽车相比，噪声要低 5dB 以上，所以大规模推广电动汽车也有利于城市噪声污染的治理。

普通燃油汽车的汽油和柴油热效率分别为 30% 和 40%，如果考虑到燃料的开采、炼制和运输，它们的热效率分别为 17% 和 20%，而实际能量利用率分别为 15% 和 17%。电动汽车如果使用煤炭发电，并从发电到转化为车轮滚动的全过程来看，电池充电效率为 90%，传动效率为 80%，煤炭的发电效率为 34%，输电效率为 94%，则总效率可达 23%。即使用重油发电，其总能量利用率也可达 20%。如果电动汽车的电能来自其他更高效的发电方式，能量利用率将会更高。因此，电动汽车既可达到节能减排的目的，又可减少石油消耗。

4. 发展新能源汽车产业是汽车产业发展的必由之路

汽车产业的发展始终伴随着石油消耗和大气环境污染的双重危机。汽车的迅速普及，在改善居民生活的同时也产生了诸如能源、环保等方面的问题。石油资源短缺与日益增长的汽车保有量之间的矛盾日益强化。汽车尾气排放是造成环境污染和全球温室气

体排放的主要来源之一，随着汽车排放法规的日益严格，传统汽车将无法满足严格的环保要求，汽车产业转型已是大势所趋。

我国现已成为世界第一汽车生产和消费大国，但我国汽车产业的整体技术水平距世界先进水平还有很大的差距，一些关键技术和零部件都被国外企业垄断。相对于传统汽车技术，我国在新能源汽车领域与发达国家的差距较小。我国节能与新能源汽车产业的发展应选择一种"过渡"和"转型"并行互动、协调发展的战略，全面提升传统汽车技术水平，发展节能汽车，解决近中期能源和环境问题，为新能源汽车发展奠定基础；同时，积极开发新一代能源动力系统，瞄准未来汽车竞争制高点，大力发展新能源汽车，加速能源动力系统转型进程，重点突破动力蓄电池、驱动电机、电控等核心技术，推动纯电动汽车、插电式混合动力汽车的产业化，实现我国汽车产业的跨越式发展。

二、发展新能源汽车的战略意义

汽车产业的持续健康发展必须突破石油资源短缺、环境污染、影响气候变化的瓶颈，新能源汽车便成为当前国际公认的主要发展方向，是我国从汽车大国到汽车强国的必由之路。在各类新能源汽车当中，纯电动汽车和插电式混合动力汽车成为近十年内实现大规模生产、替代传统汽车能源动力系统的关注焦点。此外，纯电动汽车、插电式混合动力汽车与智能电网、可再生能源紧密结合，对促进我国电力的转型升级具有重要意义。

1）汽车已经成为我国石油资源的消耗大户。近年来，随着我国经济社会的持续发展，汽车消费潜力不断释放，汽车产销量增长迅猛，汽车已经成为我国石油资源的消耗大户。随着汽车保有量的继续增长，全球各国都面临能源紧缺的问题，石油资源在我国还相对匮乏，我国对石油进口依存度较高，我国石油资源短缺的挑战将更加严峻。发展新能源汽车对调节、优化道路交通领域能源结构，缓解我国对进口石油的高度依赖，保障国家能源安全，具有非常重要的战略意义，同时也是汽车持续较快增长的根本保障。要想实现我国汽车工业的持续发展，满足老百姓用车的梦想，就必须寻找能够与石油数量级相当的汽车新能源。

2）环境与发展是世界各国普遍关注的焦点问题。我国经济发展已经并将长期受到环境污染、气候变化带来的严重制约，不少中心城市的空气污染、PM2.5排放已经超过环境容量的极限，一些城市开始实施限制汽车购买和使用的政策，我国汽车产业的发展遇到了环境的瓶颈。发展不仅是满足当代人的需要，还要考虑和不损害后代人的生存条件。因此，保护人类赖以生存的环境成为世界共同关心的问题。为了人类的可持续发展，防治汽车污染已经成了刻不容缓的全球性问题，这就需要我们共同努力从科技创新、节能减排等方面来防治汽车污染。从环境角度说，现在城市空气污染的25%来自汽车。使用石油作为燃料的汽车，无法根本解决有害物质排放的问题，开发低碳燃料、清洁能源的汽车已成为现代汽车产业发展的当务之急。

3）新能源汽车产业是我国确定的七大战略性新兴产业之一。新能源汽车产业是未来国际汽车竞争的焦点，同时更是我国汽车产业转型升级、实现汽车强国梦想的必经之路和难得的战略机遇，近年我国在传统汽车工业技术上已取得长足进步，但由于起步晚、基础薄弱等原因，目前我国尚不是汽车强国，与发达国家相比，尤其是欧美、日本等汽车强国，我们还有很大差距。随着新能源汽车技术的快速发展，汽车行业处于新一轮技术变革的时刻，如果我们不抓住这个机遇，我国汽车工业将面临新的一次落后，汽车核心技术将又一次掌握在他国手中。在《中国制造2025》的指引下完成科学的顶层设计和全面布局，从而凝聚全行业、全社会的力量，突破核心关键技术，抢占汽车技术国际制高点，推动新能源产业健康、有序、快速发展，实现汽车强国战略目标意义重大。

4）新能源汽车尤其是纯电动汽车和插电式混合动力汽车既是交通工具，又是分布式电能储备装置，它与智能电网的有机融合，具有实现削峰填谷的重要作用，可以提升发电设备的利用效率，同时在重大灾害期间还可以作为电力供给的重要补充。更重要的是，大力发展纯电动汽车和插电式混合动力汽车，能够更加有效地利用风能、太阳能等可再生资源，有助于我国电力能源结构的清洁化和智能电网的建设。

5）充电技术和充电基础设施是支撑纯电动汽车和混合动力汽车产业发展的必要条件。突破充电装备关键核心技术、多能源融合的电网智能控制技术，建设基于互联网的智能化服务体系，对实现汽车强国战略目标具有重要的支撑作用。

任务3　新能源汽车发展现状及趋势

知识目标

1. 能说出国外新能源汽车发展现状及各国禁售燃油车的时间。

2. 能说出我国新能源汽车"三纵三横"战略的具体内容。

3. 能说出我国新能源汽车补贴标准。

4. 了解国内外新能源汽车发展趋势。

职业素养要求

1. 严格执行汽车检修规范，养成严谨科学的工作态度。

2. 养成总结训练结果的习惯，为下次训练积累经验。

3. 养成团结协作的精神。

4. 严格执行5S现场管理。

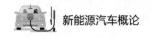

⚙ 任务与思考

1. 关于新能源汽车发展的现状，你了解多少呢？

2. 我国新能源汽车在动力蓄电池、驱动电机、电控系统三大技术上与国际先进水平还有较大差距，你知道新能源汽车未来发展的趋势吗？

💡 知识学习

2015 年 5 月 8 日，国务院发布了《中国制造2025》，提出了中国制造强国建设三个十年的"三步走"战略。之后，工信部披露了《中国制造2025》中节能与新能源汽车产业发展的十年战略目标。对于节能与新能源汽车产业的发展，《中国制造2025》提出纯电动和插电式混合动力汽车、燃料电池汽车、节能汽车、智能互联汽车是国内未来重点发展的方向，并分别提出了 2020 年、2025 年的发展目标。

根据工信部数据，2015 年累计生产新能源汽车 37.90 万辆，同比增长 4 倍，销售 33.11 万辆，同比增长 3.4 倍，在全球新能源汽车超过 50 万辆的年销量中，中国市场的贡献超过一半。中国汽车工业协会 2021 年数据显示，新能源汽车产销量都超过了 350 万辆，同比增长 1.6 倍，新能源汽车加速步入高速成长期。我国已经超越美国成为全球最大的新能源汽车生产国和消费国。

一、国外新能源汽车发展现状

1. 美国新能源汽车发展现状

2021 年美国新能源汽车销量为 652401 辆，同比增长 101%，其中纯电动汽车销量为 48.8 万辆，同比增长 88%，销量占比 75%；插电式混合动力汽车销量为 16.4 万辆，同比增长 154%，销量占比 25%。2020—2021 年美国新能源汽车销量排名前十的销售情况见表 1-2。

表 1-2　2020—2021 年美国新能源汽车销量排名前十的销售情况

新能源汽车品牌	2020 年销量 / 辆	2021 年销量 / 辆	2021 年市场占有率（%）
特斯拉	205600	352471	54
丰田	13936	52190	8
大众	17766	43651	7
福特	5579	33229	5
现代起亚	13901	31645	5
吉利	5395	31149	5
Stellantis	0	29573	5
通用	20835	24883	4
宝马	8120	24877	4
日产 – 雷诺	9564	14239	2

美国最大的新能源汽车生产商特斯拉作为技术发展最为突出的汽车生产商备受瞩目。特斯拉（Tesla）是一家美国电动车及能源公司，产销电动车、太阳能板及储能设备。

特斯拉第一款汽车产品 Roadster 如图 1-2 所示，发布于 2008 年，为一款两门运动型跑车。2012 年，特斯拉发布了其第二款汽车产品 Model S，如图 1-3 所示。Model S 是一款四门纯电动豪华轿跑，车的极速为 210km/h，0~100km/h 加速只需 6.5s，一次充电续驶里程 480km。

图 1-2　特斯拉 Roadster

图 1-3　特斯拉 Model S

第三款汽车产品为 Model 3。Model 3 是一款结合了实用电池续驶、动力性能、安全配置，以及宽敞空间的高级轿车，如图 1-4 所示。作为特斯拉家族中价格最亲民的车型，Model 3 单次充电能够行驶 345km 以上。

图 1-4　特斯拉 Model 3

2. 日本新能源汽车发展现状

日本新能源汽车的产业化成果在全球范围内是最好的。在新能源汽车方面，日本主要走混合动力电动汽车的技术路线。日本在混合动力电动汽车技术领域领先世界。以丰田普锐斯为代表的日本混合动力电动汽车，如图 1-5 所示，在世界低污染汽车开发销售领域已经占据了领先地位。

图 1-5　丰田普锐斯

截至 2022 年 12 月底，日本全国建设了 203086 个充电桩（慢速充电桩 140572 个，快速充电桩 62514 个）。

日本混合动力电动汽车的市场占有率已经成为其他国家发展的标杆。在技术不断成熟的背景下，日系汽车企业的混合动力电动汽车已经实现了产业化。

日本的氢燃料电池电动汽车（FCV）发展已经领先全球，2014 年 12 月，丰田公司推出的氢燃料电池电动汽车 Mirai，如图 1-6 所示。本田公司也推出了氢燃料电池电动汽车 Clarity，如图 1-7 所示。

图 1-6　丰田氢燃料电池电动
　　　　汽车 Mirai

除丰田公司外，其他几家日本汽车企业也在开发新一代的新能源汽车，如本田的混合动力电动汽车 Insight、日产纯电动汽车 Leaf（见图 1-8）和三菱的纯电动汽车 iMiEV 等。

图 1-7　本田氢燃料电池电动汽车 Clarity

图 1-8　日产纯电动汽车 Leaf

全球多国正竞相淘汰汽油车和柴油车，法国等五个国家均发布了全面禁售燃油车的时间，见表 1-3。

表 1-3　五国全面禁售燃油车时间表

全面禁售燃油车的国家	全面禁售燃油车的时间	全面禁售燃油车的国家	全面禁售燃油车的时间
法国	2040 年	挪威	2025 年
德国	2030 年	荷兰	2025 年
印度	2030 年		

二、我国新能源汽车发展现状

我国高度重视电动汽车技术的发展，"十五"期间，启动了"863"计划电动汽车重大科技专项，确立了如图 1-9 所示的新能源汽车"三纵三横"研发格局，取得了一大批电动汽车技术创新成果。"三纵"是指电池、电机和电控;"三横"是指纯电动汽车、混合动力电动汽车和燃料电池电动汽车。图1-10所示为新能源汽车"三纵三横"研发格局流程图。

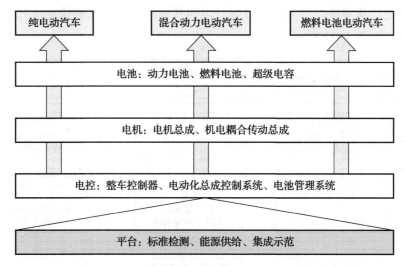

图1-9 新能源汽车"三纵三横"布局图

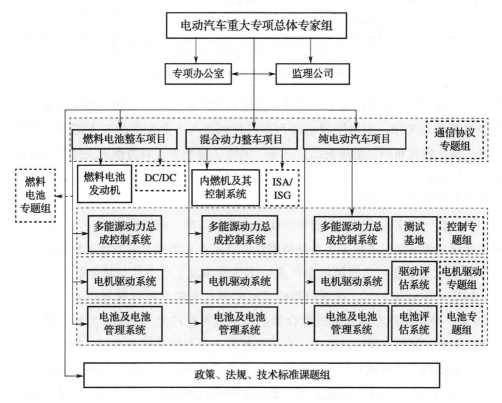

图1-10 新能源汽车"三纵三横"研发格局流程图

"十一五"期间是我国电动汽车的考核阶段，组织实施了节能与新能源汽车重大项目，继续坚持"三纵三横"的总体布局，围绕"建立技术平台，突破关键技术，实现技术跨越""建立研发平台，形成标准规范，营造创新环境"和"建立产品平台，培养产业生态，促进产业发展"三大核心目标，全面开展电动汽车关键技术研究和大规模产业化技术攻关，如图 1-11 所示。

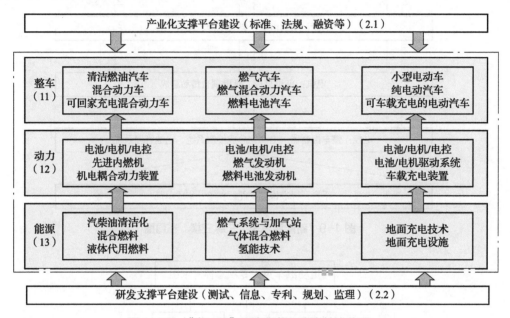

图 1-11 "十一五"国家新能源汽车技术体系

"十二五"期间是我国电动汽车从示范考核到产业化启动阶段，组织实施了电动汽车科技发展重点专项，紧紧围绕电动汽车科技创新与产业发展的三大需求，继续坚持"三纵三横"研发布局，更加突出"三横"共性关键技术，着力推进关键零部件技术、整车集成技术和公共平台技术的攻关与完善、深化与升级，形成"三横三纵三大平台"战略重点与任务布局，如图 1-12 所示。

"十一五"以来，提出"节能和新能源汽车"战略，政府高度关注新能源汽车的研发和产业化。为落实国务院关于发展战略性新兴产业和加强节能减排工作的决策部署，加快培育和发展节能与新能源汽车产业，国务院印发了《节能与新能源汽车产业发展规划（2012—2020 年）》。规划中明确了新能源汽车的发展目标和技术路线。目标：到 2020 年，纯电动汽车和插电式混合动力电动汽车生产能力达 200 万辆、累计产销量超过 500 万辆，燃料电池电动汽车、车用氢能源产业与国际同步发展。技术路线：以纯电驱动为新能源汽车发展和汽车工业转型的主要战略取向，当前重点推进纯电动汽车和插电式混合动力电动汽车产业化，推广普及非插电式混合动力电动汽车、节能内燃机汽车，提升我国汽车产业整体技术水平。自 2010 年中央实施新能源汽车补贴政策以来，

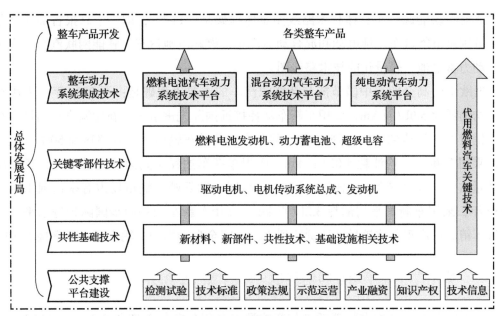

图1-12 "十二五"国家新能源汽车技术体系

补贴额度逐年下降，享受补贴的车辆标准逐年提高，同时，政府对汽车企业的燃料消耗限值不断降低，希望由市场力量来推动新能源汽车的发展，见表1-4。自2013年开始，国家对新能源汽车补贴持续走下坡路，地方政府补贴也有所降低，并规定地方政府补贴不得高于国家补贴的50%。

表1-4 2013—2020年新能源汽车补贴标准 （单位：万元）

车型类别		续驶里程 R/km	2013年	2014年	2015年	2016年	2017年	2018年	2019年	2020年
纯电动乘用车	2013—2015年	80≤R<150	3.5	3.3	3.1	2.5	2	2	1.5	1.5
	2016—2020年	100≤R<150								
		150≤R<250	5	4.7	4.5	4.5	3.6	3.6	2.7	2.7
		R≥250	6	5.7	5.4	5.5	4.4	4.4	3.3	3.3
插电式混合动力（含增程式）		R≥50	3.5	3.3	3.1	3	2.4	2.4	1.8	1.8
燃料电池乘用车		—	20	19	18	20	20	20	20	20

在2016中国汽车工程学会年会上，国家强国战略咨询委员会委员、清华大学教授欧阳明高作为代表发布了备受关注的《节能与新能源汽车技术路线图》。据介绍，该技术路线图描绘了我国汽车产业技术未来15年发展蓝图。节能与新能源汽车技术路线图的未来发展总体目标之一是，新能源汽车逐渐成为主流产品，汽车产业初步实现电动化转型。

节能与新能源汽车总体技术路线图总体框架是"1+7"，即1个总报告加7个分报告，分别是节能汽车、纯电动和混合动力汽车、燃料电池汽车、智能网联汽车、汽车制造、动力蓄电池、轻量化的技术路线图。

据欧阳明高介绍，中国节能与新能源汽车的主要里程碑是：至2020年，乘用车新车平均油耗为5.0L/百km，商用车新车油耗接近国际先进水平，新能源汽车销量占汽车总体销量的比例达到7%，驾驶辅助/部分自动驾驶车辆市场占有率达到50%。至2025年，乘用车新车平均油耗4.0L/百km，商用车新车油耗达到国际先进水平，新能源汽车销量占汽车总体销量的比例达到20%，高度自动驾驶车辆市场占有率达到15%。至2030年，乘用车新车平均油耗3.2L/百km，商用车新车油耗同步国际先进水平，新能源汽车销量占汽车总体销量的比例达到40%，完全自动驾驶车辆市场占有率接近10%。

（三）乘用车企业平均燃料消耗量与新能源汽车积分并行管理办法

《乘用车企业平均燃料消耗量与新能源汽车积分并行管理办法》已于2017年8月16日在工业和信息化部第32次部务会议上审议通过，并经财政部、商务部、海关总署、质检总局审议同意，自2018年4月1日起施行。

1）未来对企业的油耗积分（CAFC）和新能源积分（NEV）将实行并行管理，即双积分政策。车企必须满足两个积分，否则新生产的超过油耗目标值的新车不允许上市。

2）对于年产30000辆以下的传统燃油车企业，不纳入积分考核；对于年产2000辆的乘用车企业，放宽燃料消耗量。

3）生产或者进口量大于5万辆的乘用车企业，2018—2020年新能源汽车积分比例要求分别为8%、10%、12%。例如某车企2019年销量200万辆新能源汽车，2019年要求达标积分为200万辆×10%=20万分。

积分是靠生产新能源汽车累积的。生产新能源汽车有三个途径：插电式混合动力电动汽车、纯电动汽车和氢燃料电池电动汽车。

①生产一辆插电式混合动力电动汽车，一般可以得到2个积分。如果纯电动续驶里程、综合燃油消耗达不到要求，只能得到1个积分。

②生产一辆纯电动汽车，只要续驶里程达到200km，就可以得到3.2（0.012×200+0.8）个积分，如果百公里电耗能满足一定条件，积分还可以再乘以1.2，这就是3.84个积分。

③燃料电池电动汽车（FCV）分值很高，一辆燃料电池电动汽车的分值为"燃料电池系统额定功率（单位为kW）"乘以0.16。也就是说，一辆燃料电池堆额定功率为100kW的燃料电池电动汽车，按照这个公式，就可以得到16个积分。当然，政策规定了上限，一辆标准车型积分上限为5分。

考虑到国内主机厂并未大力发展氢燃料电池技术，所以国家主要支持纯电动汽车的研发生产。

4）实行正、负积分并行管理。一是企业平均燃料消耗量积分中，正积分可以按照80%或者90%的比例结转后续年度使用，也可以在关联企业间转让；负积分抵偿归零的方式包括使用本企业结转或者受让的平均燃料消耗量正积分，使用本企业产生或者购买的新能源汽车正积分。二是新能源汽车积分中，正积分可以自由交易，但不得结转（2019年年底的正积分可以等额结转一年）；负积分可以采取购买新能源汽车正积分的方式抵偿归零。三是负积分抵偿方面，应当在工业和信息化部发布积分核算情况报告后90天内完成负积分抵偿归零；新能源汽车正积分可以抵扣同等数量的平均燃料消耗量负积分。随着"双积分制"核算日期的临近，各大车企在新能源汽车领域掀起了一股合资浪潮。

任务4 新能源汽车的政策法规与标准认知

学习目标

1. 能够描述国家对新能源汽车的战略规划。

2. 能够描述新能源汽车的政策法规。

3. 能够描述新能源汽车的标准。

职业素养要求

1. 严格执行汽车检修规范，养成严谨科学的工作态度。

2. 养成总结训练结果的习惯，为下次训练积累经验。

3. 养成团结协作的精神。

4. 严格执行5S现场管理。

任务与思考

1. 工作准备

1）防护装备：常规实训工装。

2）专用工具、设备：能连接互联网的计算机或移动终端。

2. 实施步骤

1）新能源汽车政策法规与标准查询。打开浏览器，利用搜索工具搜索"新能源汽车政策法规"等关键词，查询并记录相关的信息。

2）撰写报告对所查询出的相关信息进行分析、学习和讨论，并撰写报告。

3. 2015 年 5 月 19 日，国务院印发的《中国制造 2025》里提到把_____作为重点发展领域。

4. 自 2010 年中央实施新能源汽车补贴政策以来，补贴额度逐年_____，享受补贴的车辆标准逐年_____。

5. 我国新能源汽车产品准入的专项检验标准，形成了_____、_____、_____相关检测评价和产品认证能力。

6. 我国将新能源汽车分为_____、_____和_____三种类型并制定相应标准。

7. 标准规定采用工况法测试的续驶里程应大于_____。

💡 知识学习

一、国家对新能源汽车的战略规划

通过新能源汽车的推广，取代传统燃油汽车，逐步减少汽车排放对环境的污染，同时降低能源消耗，已经成为政府施政共识。为了促进新能源汽车的发展，国家对新能源汽车进行了战略规划。

1. 指导思想及基本原则

贯彻落实发展新能源汽车的国家战略，以纯电驱动为新能源汽车发展的主要战略取向，重点发展纯电动汽车、插电式（含增程式）混合动力汽车和燃料电池汽车，以市场主导和政府扶持相结合，建立长期稳定的新能源汽车发展政策体系，创造良好发展环境，加快培育市场，促进新能源汽车产业健康快速发展。

（1）**创新驱动，产学研用结合**　新能源汽车生产企业和充电设施生产建设运营企业要着力突破关键核心技术，加强商业模式创新和品牌建设，不断提高产品质量，降低生产成本，保障产品安全和性能，为消费者提供优质服务。

（2）**政府引导，市场竞争拉动**　地方政府要相应制定新能源汽车推广应用规划，促进形成统一、竞争、有序的市场环境。建立和规范市场准入标准，鼓励社会资本参与新能源汽车生产和充电运营服务。

（3）**双管齐下，公共服务带动**　把公共服务领域用车作为新能源汽车推广应用的突破口，扩大公共机构采购新能源汽车的规模，通过示范使用增强社会信心，降低购买使用成本，引导个人消费，形成良性循环。

（4）**因地制宜，明确责任主体**　地方政府承担新能源汽车推广应用主体责任，要结合地方经济社会发展实际，制订具体实施方案和工作计划，明确工作要求和时间进度，确保完成各项目标任务。

2. 加快充电设施建设

（1）制定充电设施发展规划和技术标准　完善充电设施标准体系建设，制定实施新能源汽车充电设施发展规划，鼓励社会资本进入充电设施建设领域，积极利用城市中现有的场地和设施，推进充电设施项目建设，完善充电设施布局。电网企业要做好相关电力基础网络建设和充电设施报装增容服务等工作。图 1-13 所示是新能源汽车配套的充电设施。

图 1-13　新能源汽车配套的充电设施

（2）完善城市规划和相应标准　将充电设施建设和配套电网建设与改造纳入城市规划，完善相关工程建设标准，明确建筑物配建停车场、城市公共停车场预留充电设施建设条件的要求和比例。加快形成以使用者居住地、驻地停车位（基本车位）配建充电设施为主体，以城市公共停车位、路内临时停车位配建充电设施为辅助，以城市充电站、换电站为补充的，数量适度超前、布局合理的充电设施服务体系。研究在高速公路服务区配建充电设施，积极构建高速公路城际快充网络，如图 1-14 所示。

图 1-14　高速公路及城市配套的服务设施

（3）完善充电设施用地政策　鼓励在现有停车场（位）等现有建设用地上设立他项权利建设充电设施。通过设立他项权利建设充电设施的，可保持现有建设用地已设立的土地使用权及用途不变。在符合规划的前提下，利用现有建设用地新建充电站的，可采用协议方式办理相关用地手续。政府供应独立新建的充电站用地，其用途按城市规划确定的用途管理，应采取招标拍卖挂牌方式出让或租赁方式供应土地，可将建设要求列入供地条件，地价确定可考虑政府支持的要求。供应其他建设用地需配建充电设施的，可将配建要求纳入土地供应条件，依法妥善处理充电设施使用土地的产权关系。严格充电站的规划布局和建设标准管理。严格充电站用地改变用途管理，确需改变用途的，应依法办理规划和用地手续。图1-15所示是居民小区配套的新能源汽车服务设施。

图1-15　居民小区配套的新能源汽车服务设施

（4）**完善用电价格政策**　充电设施经营企业可向电动汽车用户收取电费和充电服务费。2020年以前，对电动汽车充电服务费实行政府指导价管理。对向电网经营企业直接报装接电的经营性集中式充电设施用电，执行大工业用电价格；对居民家庭住宅、居民住宅小区等非经营性分散充电桩按其所在场所执行分类目录电价；对党政机关、企事业单位和社会公共停车场中设置的充电设施用电执行一般工商业及其他类用电价格。电动汽车充电设施用电执行峰谷分时电价政策。将电动汽车充电设施配套电网改造成本纳入电网企业输配电价。

（5）**推进充电设施关键技术攻关**　依托国家科技计划加强对新型充电设施及装备技术、前瞻性技术的研发，对关键技术的检测认证方法、充电设施消防安全规范以及充电网络监控和运营安全等方面给予科技支撑。支持企业探索发展适应行业特征的充电模式，实现更安全、更方便的充电。

（6）**鼓励公共单位加快内部停车场充电设施建设**　具备条件的政府机关、公共机构及企事业等单位新建或改造停车场，应当结合新能源车配备更新计划，充分考虑职工购买新能源汽车的需要，按照适度超前的原则，规划设置新能源汽车专用停车位、配建充电桩。

（7）**落实充电设施建设责任**　地方政府要把充电设施及配套电网建设与改造纳入城市建设规划，因地制宜制定充电设施专项建设规划，在用地等方面给予政策支持，对建设运营给予必要补贴。电网企业要配合政府做好充电设施建设规划。

二、新能源汽车的政策与法规

2015年5月19日，国务院印发的《中国制造2025》里提到把"节能与新能源汽车"作为重点发展领域。工业和信息化部（以下简称"工信部"）指出，目前在新能源汽车方面首要目标是到2020年，自主品牌纯电动和插电式新能源汽车年销量突破100万辆，在国内市场占70%以上。到2025年，与国际先进水平同步的新能源汽车年销量300万辆，在国内市场占80%以上。可以预见，新能源汽车在国家政策支持下，未来将有一轮高速发展。

1. 新能源汽车的政策

为加快汽车产业技术进步，着力培育战略性新兴产业，推进节能减排，2015年4月29日，财政部、国家发改委、工信部和科学技术部四部委联合下发的新一轮新能源汽车补贴政策正式出台，在未来5年，补贴额度大幅退坡。自2010年中央实施新能源汽车补贴政策以来，补贴额度逐年下降，享受补贴的车辆标准逐年提高。同时，政府对汽车企业的燃料消耗限值不断降低，显示政府希望由市场力量来推动新能源汽车的发展。

具体的退坡办法是：2017—2020年，除燃料电池汽车外，其他新能源车型补贴标准都实行退坡，其中2017—2018年补贴标准在2016年基础上下降20%，2019—2020年补贴标准，在2016年基础上下降40%。表1-5是2015—2020年国家对新能源汽车补贴的政策。

表1-5　2015—2020年国家新能源汽车补贴政策　　（单位：万元/辆）

年份	车辆类型	纯电续驶里程 R（工况）/km			
		80≤R<150	150≤R<250	R≥250	R≥50
2015	纯电动乘用车	3.15	4.50	5.40	—
	包括增程式在内的插电式混合动力乘用车	—	—	—	3.15
	燃料电池乘用车	18.00			
2016	纯电动乘用车	2.50	4.50	5.40	—
	包括增程式在内的插电式混合动力乘用车	—	—	—	3.00
2017-2018	纯电动乘用车	2.00	3.60	4.40	—
	包括增程式在内的插电式混合动力乘用车	—	—	—	2.40
2019-2020	纯电动乘用车	1.50	2.70	3.30	—
	包括增程式在内的插电式混合动力乘用车	—	—	—	1.80
	燃料电池乘用车	20.00			

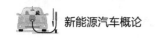

国家对新能源乘用车补贴对象依然是纯电动汽车、插电式混合动力汽车和燃料电池汽车,但对车辆的技术要求进一步提高。其中,纯电动汽车的补贴门槛由以前的80km续驶里程提高到100km,对最高时速的要求是不低于100km。

表1-5为有关媒体汇总整理的2015—2020年的新能源汽车国家补贴标准表,仔细对比一下,会发现不少变化。

首先,补贴退坡幅度大大提升。2014年的补贴标准是在2013年的基础上下降5%,2015年则是在2013年的基础上下降10%。但是新一轮补贴退坡幅度则大大提升,2017—2018年补助标准在2016年基础上下降20%,2019—2020年补助标准在2016年基础上下降40%。

以续驶里程大于250km的纯电动乘用车为例,2014及2015年的补贴标准较2013年分别下降0.3万元和0.6万元,但是2017—2018年的补贴标准则较2016年下降了1.1万元和2.2万元,新政的补贴下降幅度足够大,再加上2017年与2018年、2019年与2020年的补贴标准一致,所以此次新政在未来能否刺激市场提前发力还是未知。

其次,从2016年开始,能够享受补贴的纯电动汽车的续驶里程门槛从80km提高到了100km,这给本来要求"转正"的低速电动车冲击不小。从消费者的角度来看,消费者对新能源汽车续驶里程要求比例如图1-16所示,要求逐渐提高。

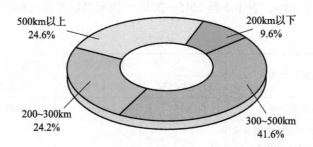

图1-16 消费者对新能源汽车续驶里程的要求

对生产微型电动车的企业来说,大部分产品虽然续驶里程勉强够格,但是行驶速度还达不到新政要求的100km/h以上的标准,所以无法享受国家补贴。而这也正好体现了国家对于汽车产品性能以及技术等方面越来越高的要求。汽车生产企业不得不推出顺应国家政策导向、满足市场需求的高质量产品。

再次,2016年的补贴标准相比2015年的标准并非统一下调,而是有升有降。其中,续驶里程超过250km的纯电动汽车以及燃料电池汽车的补贴额度都比2015年高。

针对续驶里程超过250km的纯电动汽车的补贴,2016年的补贴额度为5.5万元,高于2015年的5.4万元。显然,政府希望汽车企业生产续驶里程更高的电动汽车。

针对续驶里程介于150~250km之间的纯电动汽车,2015年与2016年的补贴额度持平，都是 4.5 万元。

最后，燃料电池乘用车补贴不但没有退坡，而且在 2015 年的基础上有所增加，恢复到 2013 年的补贴额度，并且一直持续到 2020 年，显示政府对燃料电池汽车的推广力度在逐渐加强。

2013—2015 年期间，燃料电池乘用车的补贴标准逐年递减 5%，从 2013 年的 20 万元降到 2015 年的 18 万元，但 2016 年到 2020 年又恢复到 20 万元。这与燃料电池汽车的商业过程不断推进有很大关系。

同时在原有优惠的基础上财政部再次发布了《关于 2016—2020 年新能源汽车推广财政支持政策的通知》，其中指出在 2016—2020 年，对消费者购买的进入国家新能源车目录的纯电动汽车、插电式混合动力汽车和燃料电池汽车继续给予购车补贴。

根据《财政部　工业和信息化部　科技部　发展改革委关于完善新能源汽车推广应用财政补贴政策的通知》（以下称《通知》），2022 年新能源汽车补贴标准在 2021 年基础上退坡 30%；城市公交、道路客运、出租（含网约车）等领域符合要求的车辆，补贴标准在 2021 年基础上退坡 20%。

新能源乘用车补贴方案如下：

1）纯电动汽车续驶里程 <300km：无补贴。

2）300km≤纯电动汽车续驶里程 <400km：补贴 9100 元。

3）纯电动汽车续驶里程 >400km：补贴 12600 元。

4）插电式混合动力（含增程式）汽车，NEDC 工况下续驶里程≥50km 或 WLTC 工况下续驶里程≥43km，补贴 4800 元。

不同地区政策可能不同，具体金额以当地规定为准。《通知》明确指出：2022 年新能源汽车购置补贴政策于 2022 年 12 月 31 日终止，2022 年 12 月 31 日之后上牌的车辆不再给予补贴。

2. 新能源汽车使用管理办法

随着国家对新能源汽车的日益重视以及社会环境的需要，新能源汽车必将逐步取代传统汽车，汽车行业将迎来一次史无前例的革命，随着新能源汽车渐渐走进大众生活，国家对新能源汽车出台了哪些法律法规和管理办法呢？

（1）**新能源汽车的驾驶资格**　很多人误以为电动汽车不用烧油，应该跟老年代步车一样无需驾驶证便可直接上路，但是电动汽车属于四轮机动车，无驾驶证开车上路会被依法扣留车辆。只要是在道路上行驶的车辆被认定为"机动车"的，都需要驾驶人持有驾驶证，可是纯电动汽车在国内是一个法律法规上的"漏洞"，国内现在已经有很多杂牌的电动汽车上市销售，但这些车辆根本没法上牌照。如老年代步车，这种车没有行

业标准，也没有颁布什么目录，生产许可证任何一家都办不了。

交通管理部门表示：老年人代步车、老年电动车的车速，是参照电动轮椅的国家标准，时速约为10km。如果超速，或者用来非法营运、载货，都将按照《中华人民共和国道路交通安全法》（以下简称《道路交通安全法》）的规定进行处罚。

但是电动汽车一般认为就是指纯电动汽车或混合动力汽车，或者燃料电池汽车。电动汽车的车长、车宽，包括车速都和机动车一样，最高时速60km，车辆性能远远大于老年代步车，无论电动汽车还是机动车，驾驶者都必须持有C类驾驶证才能上路行驶。

《道路交通安全法》第九十九条规定，未取得机动车驾驶证、机动车驾驶证被吊销或者机动车驾驶证被暂扣期间驾驶机动车的，处以二百元以上二千元以下罚款，可以并处十五日以下拘留。如果无证驾驶机动车发生交通事故的，按照交通事故的严重性可能会承担刑事责任。因此提醒广大驾驶人，不管是机动车还是电动汽车，持合法手续和驾驶证是对自己和他人安全的保障。而在遇到交通事故时，交警处理方法公平公正，都将负有事故责任，所以电动汽车也要按规定行驶，做到安全驾驶。

（2）新能源汽车的牌照　新能源汽车上牌必须符合工信部发布的《道路机动车辆生产企业及产品公告》（以下简称《公告》）相关规定，以及拥有车辆合格证、购车发票、完税证明、交强险等。而未列入《公告》的汽车，按照规定不能上牌。公安部自2016年12月1日起，在上海、南京、无锡、济南、深圳五个城市率先试点启用新能源汽车号牌。根据新能源类别，相应新能源汽车核发的号牌也有区别，如图1-17所示。

图1-17　新能源汽车号牌

新能源汽车号牌按照不同车辆类型实行分段管理，字母"D"代表纯电动汽车，字母"F"代表非纯电动汽车（包括插电式混合动力汽车和燃料电池汽车等）。

《道路交通安全法》及相关法律法规规定，国家对机动车实行登记制度，机动车经公安机关交通管理部门登记后，方可上道路行驶。公安机关交通管理部门对机动车登记的依据之一是列入《公告》的产品。如果市民购买的电动汽车为《公告》内的产品，也就是在车管所的车辆目录中能够查到信息的汽车，就可以到车管所，按照《机动车驾驶证申领和使用规定》中所列的对应车辆，申请相应的准驾车型。符合相关条件的电动汽车上牌手续与普通机动车一样。但是因为现阶段国家政策鼓励，新能源汽车在一线大城市可以享受不限行及单独摇号池摇号的政策。

凡在工信部《公告》目录上能够查询到车型的电动汽车，均可在指定地点登记上牌，并按机动车统一规范管理。

城市微型电动汽车各项指标符合国家相关条件，可以按照规定申领牌照，使得车辆及驾驶更有保障，并且享受免除车辆购置税、不受车牌尾号限制，以及购车补贴等鼓励政策。

三、新能源汽车的标准

我国新能源汽车标准的制定工作，是伴随着国内新能源汽车产业化发展而产生的。早在开始新能源汽车的研究开发时，我国就意识到相关技术标准研究的重要性。我国对新能源汽车标准的制定工作始于 1998 年，这一年全国汽车标准化技术委员会成立了电动车辆标准化分技术委员会，正式开始研究制定我国的新能源汽车标准。我国在选择制定新能源汽车标准时主要依据国内新能源汽车产业开发和应用的趋势，并参考和借鉴国外相关行业性组织已出台的标准。电动车辆标准化分技术委员会对国外新能源车辆标准化工作进行充分的分析和研究后，将新能源汽车分为纯电动汽车、混合动力汽车和燃料电池汽车三种类型，并制定相应标准。因对这三类新能源汽车研究开发的进度不同，所以相关标准制定工作也不同步。我国在"九五"期间开始制定纯电动汽车标准，"十五"期间着手制定混合动力汽车标准，"十一五"期间着手制定燃料电池汽车标准，而目前为推动电动汽车商业化发展，我国正加快制定相关基础设施的技术标准。目前我国已经制定并发布的新能源汽车相关国家标准和行业标准共计 42 项，其中 22 项已列为新能源汽车产品准入的专项检验标准，形成了整车、动力蓄电池、驱动电机等相关检测评价和产品认证能力。2010 年 7 月 28 日，工业和信息化部对汽车行业标准进行报批公示，其中涉及 6 项电动汽车行业标准。

1. 纯电动汽车标准

我国现行的与纯电动汽车相关标准见表 1-6。

我国从"九五"期间就开始把纯电动汽车列入国家重大科技产业工程项目并投入大量资金进行研发工作。在"九五"国家重大科技产业工程"标准的制定"项目中，全国汽车标准化委员会电动汽车分技术委员会组织针对"九五"电动汽车开发项目，完成了16 项纯电动汽车急需标准的制定工作，其中有 2 项为国家指导性技术文件（GB/Z）。这 16 项标准包括整车、动力蓄电池、电机及其控制器、充电器四方面（见表 1-6），这也是我国第一批电动汽车标准。随后，我国又陆续修订了这些标准，同时增加制定了操纵件、指示器及信号装置的标志，风窗玻璃除霜除雾系统的性能要求及试验方法，

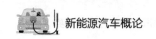

DC/DC 变换器，传导充电用接口，仪表及电动汽车术语等标准，初步形成纯电动汽车标准体系，为小型纯电动汽车的产业化奠定了基础。截至目前，我国已公布 25 项纯电动汽车标准，2 项纯电动汽车标准已通过审核。下一阶段，需要补充电动汽车各系统、总成及关键零部件的性能试验方法与技术要求等。

电动汽车标准体系由三部分组成。一是整车标准，有整车性能、安全要求等；二是电动汽车部件标准，主要是储能装置——动力蓄电池、超级电容器、燃料电池，还有电机及控制器；三是基础设施标准，有能源动力、站车通信及接口、能源补给。

表 1-6　我国现行的纯电动汽车相关标准

序号	标准代号	标准名称
1	QC/T 744—2016	电动汽车用金属氢化物镍蓄电池
2	QC/T 743—2016	电动汽车用锂离子蓄电池
3	QC/T 742—2016	电动汽车用铅酸蓄电池
4	QC/T 741—2014	车用超级电容器
5	GB/Z 18333.2—2015	电动汽车用锌空气电池
6	GB/T 4094.2—2017	电动汽车操纵杆、指示器及信号装置的标志
7	GB/T 24552—2009	电动汽车用风窗玻璃除霜除雾系统的性能要求及试验方法
8	GB/T 24347—2021	电动汽车 DC/DC 变换器
9	GB/T 20234.1—2015	电动汽车传导充电用连接装置　第 1 部分：通用要求
10	GB/T 20234.2—2015	电动汽车传导充电用连接装置　第 2 部分：交流充电接口
11	GB/T 20234.3—2015	电动汽车传导充电用连接装置　第 3 部分：直流充电接口
12	GB/T 19836—2019	电动汽车用仪表
13	GB/T 19596—2017	电动汽车术语
14	GB/T 18488.2—2015	电动汽车用驱动电机系统　第 2 部分：试验方法
15	GB/T 18488.1—2015	电动汽车用驱动电机系统　第 1 部分：技术条件
16	GB/T 18487.3—2017	电动车辆传导充电系统电动车辆交流与直流充电机（站）
17	GB/T 18487.2—2017	电动车辆传导充电系统电动车辆与交流 / 直流电源的连接要求
18	GB/T 18487.1—2015	电动汽车传导充电系统　第 1 部分：通用要求
19	GB/T 18388—2008	电动汽车定型试验规程
20	GB/T 18387—2008	电动车辆的电磁场发射强度的限值和测量方法宽带 9kHz~30MHz
21	GB/T 18386—2021	电动汽车能量消耗率和续驶里程试验方法
22	GB/T 18385—2016	电动汽车动力性能试验方法
23	GB/T 18384.3—2015	电动汽车安全要求　第 3 部分：人员触电防护
24	GB/T 18384.2—2015	电动汽车安全要求　第 2 部分：功能安全与故障防护
25	GB/T 18384.1—2015	电动汽车安全要求　第 1 部分：车载可充电储能系统（REESS）
26	GB/T 17619—1998	机动车电子电器组件的电磁辐射抗扰性限值和测量方法
27	QC/T 840—2010	电动汽车用动力蓄电池产品规格尺寸

2. 混合动力汽车标准

混合动力汽车是国际上最先得到规模化商业应用的产品。根据国外开发和应用的进展情况，"十五"期间，科技部将发展混合动力技术明确为新能源汽车研究和产业化的重点。在科技部的要求和支持下，混合动力汽车标准的前期研究工作自 2002 年年初启动。随后，电动车辆标准化分技术委员会针对标准制定的重点领域和技术路线在国内相关企业和高等学校、研究机构进行了较为广泛和深入的调研，同时对国内外标准资料进行收集分析。截至目前，我国已出台的混合动力汽车标准主要包括 6 个整车标准、2 个研究报告。现行的混合动力汽车标准见表 1-7。

表 1-7　我国现行的混合动力汽车标准

序号	标准代号	标准名称
1	GB/T 19750—2005	混合动力电动汽车定型试验规程
2	GB/T 19751—2016	混合动力电动汽车安全要求
3	GB/T 19752—2016	混合动力电动汽车动力性能试验方法
4	GB/T 19753—2021	轻型混合动力电动汽车能量消耗量试验方法
5	GB/T 19754—2021	重型混合动力电动汽车能量消耗量试验方法
6	GB/T 19755—2016	轻型混合动力电动汽车污染物排放控制要求及测量方法

目前，我国制定的混合动力汽车标准已基本能够适应对混合动力汽车产品，特别是整车性能测试的要求。下一阶段，需要补充各种类型的混合动力汽车（如插电式混合动力汽车、串联插电式混合动力汽车）整车性能试验方法与技术要求，其各系统、总成及关键零部件的性能试验方法与技术要求等。

3. 燃料电池汽车标准

"十一五"期间，我国基本建立了燃料电池汽车的研发体系，在整车集成技术、动力平台的成熟性、整车的可靠性方面有了新的提高，部分样车进行了示范运行。在这些基础上，我国启动了燃料电池汽车标准制定工作，目前已制定完成了术语、安全、燃料电池发动机、加氢车等标准，并开展了加注装置、车载氢系统等标准的研究。然而，由于燃料电池汽车受技术水平和经济性的影响，短时期内仍无法实现商业化，燃料电池汽车标准的制定工作较其他两类电动汽车缓慢。我国现行的燃料电池汽车标准见表 1-8。

表 1-8　我国现行的燃料电池汽车标准

序号	标准代号	标准名称
1	GB/T 24549—2020	燃料电池电动汽车安全要求
2	GB/T 24548—2009	燃料电池电动汽车术语
3	GB/T 24554—2009	燃料电池发动机性能试验方法
4	GB/T 23645—2009	乘用车用燃料电池发动系统测试方法
5	GB/T 23646—2009	电动自行车用燃料电池发电系统技术条件

4. 基础设施技术标准

2009 年，《汽车产业调整和振兴规划》提出我国要实施新能源汽车战略，推动纯电动汽车、插电式混合动力汽车及其关键零部件的产业化。由于电动汽车基础设施建设是电动汽车实现产业化的前提，所以国家标准委员会积极开展电动车基础设施技术标准的研究工作。2010 年 4 月 28 日，《电动汽车传导式充电接口》《电动汽车充电站通用要求》《电动汽车电池管理系统与非车载充电机之间的通信协议》三项国家标准通过了全国汽车标准化技术委员会电动车辆分技术委员会审查。近期，《氢燃料电池汽车示范运行规范》及《燃料电池汽车示范运行配套设施规范》已完成征求意见稿，该规范是根据氢燃料电池汽车及配套设施的特点，为确保示范运行安全、规范而提供的技术管理文件。电动汽车基础设施技术标准的制定为我国推进电动汽车产业发展奠定了基础。我国现行的新能源汽车基础设施标准见表 1-9。

表 1-9 我国现行的新能源汽车基础设施标准

序号	标准代号	标准名称
1	QC/T 841—2010	电动汽车传导式充电接口
2	GB/T 29781—2013	电动汽车充电站通用要求
3	QC/T 842—2010	电动汽车电池管理系统与非车载充电机之间的通信协议

5. 动力蓄电池质量标准

标准规定了电动乘用车动力蓄电池（包括蓄电池箱及箱内部件）总质量占整车整备质量的比例不宜大于 30%。这是为了保证车辆使用性能和可承载质量，防止因动力蓄电池过重引起性能降低。这一比值的提出也有助于引导我国企业在产品研发过程中应用能量密度高和功率密度高的动力蓄电池。该指标的目的是限制车辆为了提高续驶里程等性能，无限量增加动力蓄电池的数量。

6. 轴荷分配

标准规定对前置前驱动的车辆，满载时前轴负荷不宜小于 55%；对于前置后驱动的车辆，满载时后轴负荷不宜大于 52%；对于后置后驱动的车辆，满载时后轴负荷不宜大于 60%。由于目前很多纯电动乘用车都不是全新设计，而是在现有车型上改装，有可能因蓄电池安装空间问题，使整车轴荷分配不合理。

7. 行李舱容积

标准规定对四座及以上车辆，行李舱容积不宜小于 $0.3m^3$，防止电动汽车动力蓄电池的布置占用行李舱的空间。

8. 提示性声响

标准规定"车辆在设计时应考虑车辆起动、车速低于20km/h时能给车外人员发出适当的提示性声响"。

由于电动汽车在行驶过程中没有发动机声音，给行人等带来安全隐患，因此提出了应有适当提示性声响，至于提示性声响类型，由企业自行决定。由于是国际上尚处于研讨的技术，因此目前不硬性规定必须要有该功能。

9. 爬坡性能

标准规定，车辆最大爬坡度应不低于20%，是因为城市道路使用的车辆经常有立交桥、车库进出等较陡路面情况。

10. 续驶里程

标准规定采用工况法测试的续驶里程应大于80km。续驶里程是电动汽车最重要的指标之一。纯电动汽车推向市场的一大阻碍是其较短的续驶里程，但为了增加续驶里程而多装蓄电池，又会导致制动性能、轴荷分配、行李舱容积等出现变化。

项目二　新能源汽车的类型与电池概述

任务 1　新能源汽车的类型与主流车型

学习目标

1. 掌握新能源汽车类型及主流车型。

2. 熟悉新能源汽车市场应用情况。

职业素养要求

1. 严格执行汽车检修规范,养成严谨科学的工作态度。

2. 养成总结训练结果的习惯,为下次训练积累经验。

3. 养成团结协作的精神。

4. 严格执行 5S 现场管理。

任务与思考

1. 请查阅资料简述混合动力汽车的发展历程。

2. 请查阅资料回答自主品牌的混合动力汽车是哪一年推向市场的。

3.请查阅资料回答目前在国内市场上有哪些自主品牌的混合动力汽车在售。

💡 知识学习

一、混合动力汽车类型及对应的主流车型

HEV 是 Hybrid Electric Vehicle 的缩写，即混合动力汽车。混合动力汽车指同时装备两种或两种以上动力来源的车辆，是使用发动机驱动和电力驱动两种驱动方式的汽车。通常所说的混合动力一般是指油电混合动力，即燃料（汽油、柴油等）和电能的混合。混合动力汽车的燃油经济性能高，而且行驶性能优越。混合动力汽车的发动机要使用燃油，而且在起步、加速时，因为有电动机的辅助，所以可以降低油耗。简单地说，就是与同样大小的汽车相比，燃油费用更低。辅助发动机的电动机可以在起动的瞬间产生强大的动力，因此起步、加速更快。

1.混合动力汽车的发展

实际上，最早的油电混合动力汽车在 100 多年前就诞生了，不过，当初的油电混合动力汽车发展到今天经历了一个过程，也曾经有多个发展方向。最早的油电混合动力汽车并不像今天的混合动力汽车以提升燃料利用效率为目标，而更多是为了解决传动的问题，因此，这种汽油机、发电机和电动机串在一起的方式也称为电传动系统。费迪南·保时捷非常看好这种电传动机构，他在 1900 年设计的第一辆油电混合动力汽车被广为人知。在第二次世界大战中，他参与竞标的

"虎"式坦克方案也是这种动力结构（但是他的方案最终竞标失败），如图 2-1 所示。

图 2-1 "虎"式坦克

1916 年，美国 WOOD 汽车公司推出 Model 44 Coupe 双动力汽车，如图 2-2 所示。这款汽车当车速在 24km/h 以下时用电动机驱动，在 24km/h 以上时用汽油机驱动。但是这种动力最终没有流行，表面上它拥有两种动力的优点，实际上也结合了两种动力的缺点，同时令整个动力系统非常笨重。这种双动力组合系统很快就被人遗忘了。

1989 年，奥迪推出了 duo 概念车，1997 年推出的 A4 duo Ⅲ 是奥迪第一款量产的双动力汽车，如图 2-3 所示。它的动力系统由一台 1.9L TDI 柴油机和一台电动机组成。

电池不仅可外接民用交流电插座充电，同时车辆装备了制动能量回收系统以提升燃料的利用效率，纯电动模式下车辆的续驶里程为 50km。

图 2-2　Model 44 Coupe 双动力汽车

图 2-3　A4 duo Ⅲ双动力汽车

如何让动力系统高效省油？当然是让动力系统高效率工作区间扩大，而这是内燃机动力以及传动系统的短板，补充进"电"后这个短板会得到改善。内燃机的好处是技术成熟、使用方便。电的长处是方便能量相互转化，而内燃机不能把动能转化成汽油，而且电机无怠速，使用更灵活，不会造成额外的能量浪费。1993 年，丰田开始研发串并联全混动技术车型，定名为 G21 计划。1997 年，丰田推出了第一代普锐斯混合动力汽车，如图 2-4 所示。它的阿特金斯循环汽油机和双电机动力传动组合是完全创新的，动力系统的燃料利用效率远远领先普通动力汽车，百公里综合油耗只有 4.9L。

在混合动力开发方面，本田则走了另一条相对稳健的道路，它开发以内燃机作为主动力、电动机作为辅助动力的并联式混动系统，简称 IMA 系统。它主要以内燃机驱动行驶，利用电动机具有的在起动时产生巨大转矩的特性，在汽车起步、加速等内燃机燃料消耗较大时，用电动机辅助驱动来降低内燃机的油耗。这种混合动力的结构比较简单，只是在动力系统中增加了电动机和电池组，电动机的功率比较小，在节能效果上不如丰田混联方式混合动力系统。1999 年，应用这项技术的本田 Insight 混合动力汽车正式上市，如图 2-5 所示。

图 2-4　第一代普锐斯混合动力汽车

图 2-5　本田 Insight 混合动力汽车

2. 混合动力汽车的分类

（1）与传统汽车相比较的分类

HEV 与传统汽车类似，有许多不同的种类，常见分类方法有 10 种。

1）根据混合动力汽车两种动力系统的关系分类。

①串联式、并联式、串并联混合式和功率（或动力）分配式。

②串联式、并联式和混联式。

③串联式、并联式、串并联式和复杂混合动力系统。

2）根据并联式混合动力汽车的两种动力源的作用大小和结构特点分类。

①全面混合；②辅助混合；③轻度混合；④可外电源充电式混合动力汽车。

3）按照传统汽车用途与结构特点分类。

①混合动力小汽车；②混合动力 SUV；③混合动力载货汽车；④混合动力小型货车；⑤混合动力轨道车辆；⑥混合动力巴士；⑦可充电式混合动力汽车，该类混合动力汽车的特点是全面混合动力、可单独使用电力行驶，并可使用电网电源充电，因而可减少人类对石油的依赖性。

4）根据电力起作用的大小分类。

① S/S（Start/Stop）型：特点是车辆上安装有"发动机自动停止怠速和起动装置"，发动机不必要的怠速被停止，车辆可按照指令迅速起动，汽车行驶时的转矩和加速性能没有变化。按照 EPA 的试验规范可节约燃油 7.5%。

② ISAD（Integrated Started Alternator with Damping）型：特点是车辆上安装的"自动停止怠速和起动装置"的电动机是 42V 的交流发电机，它可以通过电驱动系统增加汽车动力系统转矩，辅助汽车行驶，可节约燃油 10%~12.5%。

③ IMA（Integrated Motor Assist）型：特点是使用的是比 ISAD 型车辆功率更大的电动机和容量更大的蓄电池，电压为 114V，允许使用更多的电能驱动汽车行驶，可使汽车动力系统的转矩增加 15%，可节约燃油 20% 以上。

④ FH（Full Hybrid）型：特点是电压为 300V 以上，可以单独使用电能驱动汽车行驶。对于小轿车，汽车动力系统的转矩可增加 20% 以上，可节约燃油 40% 以上。对于轻型货车，转矩可增加 15%，燃油可节约 35%。

5）根据发动机和燃料来源分类。

①汽油机混合动力汽车；②柴油机混合动力汽车；③燃料电池混合动力汽车；④涡轮机混合动力汽车；⑤混合燃料混合动力汽车。

6）根据混合动力电动汽车电驱动系统中使用的蓄电器或电动机的特点分类。

可分为蓄电池、飞轮储能器、超级电容器混合动力汽车或直流电动机、三相异步感应电动机、永磁电动机、开关磁阻电动机混合动力汽车等。

7）根据混合动力电动汽车驱动桥数量分类。

HEV 可分为单轴驱动、双轴驱动或多轴驱动三种。

8）根据驱动形式分类。

①并联结构混合动力，如图 2-6 所示。

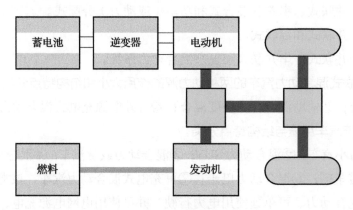

图 2-6　并联结构混合动力

②串联结构混合动力，如图 2-7 所示。

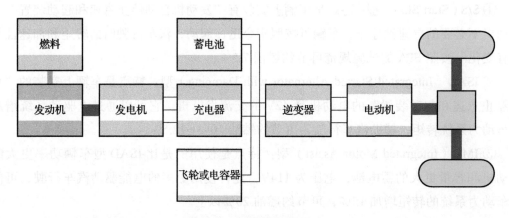

图 2-7　串联结构混合动力

③串并联混合动力，如图 2-8 所示。

9）根据混合程度分类。

①全混合动力（Full Hybrid）。将一台大功率电机与内燃机组合在一起，可以以纯电动方式来驱动车辆行驶。一旦条件允许，该电机会辅助内燃机来工作。车辆缓慢行驶时，是通过电动方式来提供动力的。可以实现起动 - 停止功能；还有能量回收功能，用以给高压蓄电池充电。内燃机和电机之间有一个离合器，通过它可以断开这两个系统。内燃机只在需要时才接通工作。图 2-9 所示为奥迪 Q5 完全混合动力示意图。

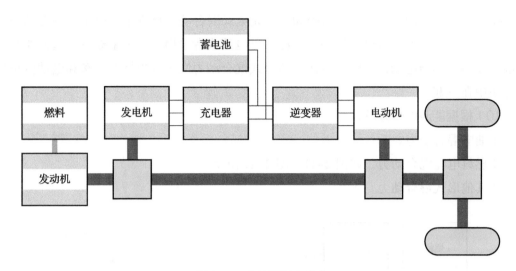

图 2-8 串并联混合动力

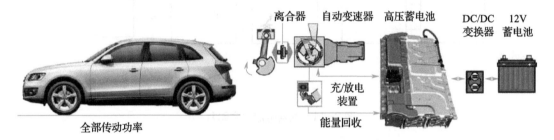

图 2-9 奥迪 Q5 完全混合动力示意图

②电动辅助混合动力（Power Assist Hybrid），也称中混合动力。中混合动力驱动在技术和部件上都与完全混合动力驱动是一样的，只是它不能以纯电动方式来驱动车辆行驶。它也有能量回收、起动 – 停止以及助力功能。

③轻混合动力（Mild Hybrid）。使用这种驱动结构，电动部件（起动机/发电机）只是用来执行起动 – 停止功能。一部分动能在制动时又可作为电能使用（能量回收），不能以纯电动方式来驱动车辆行驶。12V 蓄电池的特性针对频繁起动发动机这个特点做了匹配。图 2-10 所示为奥迪 A1 轻混合动力示意图。

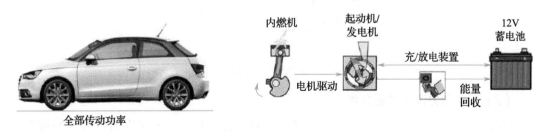

图 2-10 奥迪 A1 轻混合动力示意图

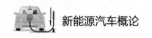

④充电式混合动力（Plug-in Hybrid）。充电式混合动力指汽车上使用了混合动力装置，而其高压蓄电池还可以通过外接电源（充电站或者家用插座）来充电。这就相当于纯混合动力汽车与电动汽车的混合体，插电式混合动力汽车将内燃机汽车和电动汽车的优点集中在一起。

10）根据能源性质分类。

①油电混合动力。

②燃料电池混合动力，如图 2-11、图 2-12 所示。

③其他形式混合动力。

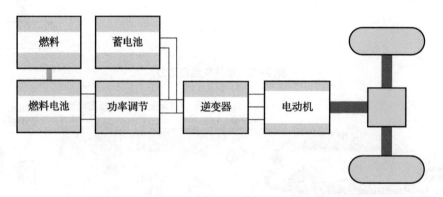

图 2-11　燃料电池混合动力

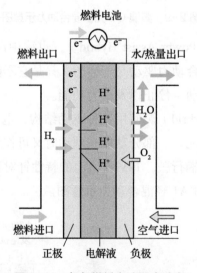

图 2-12　氢气燃料电池混合动力

（2）混合动力汽车最新分类

随前新能源汽车的发展，混合动力分类的方式有三种，一种是根据是否能外接充电电源分类，一种是根据结构特点分类，还有一种是根据混合度的不同分类。

1）根据是否能外接充电电源分类。按照这种方式混合动力汽车可分为插电式混合动力和非插电式混合动力两种。插电式混合动力汽车（简称 PHEV）是新型的混合动力电动汽车。区别于传统汽油动力与电驱动结合的混合动力，插电式混合动力汽车驱动原理、驱动单元与电动汽车相同，唯一不同的是汽车上装备有一台发动机。与普通混合动力汽车比较而言，普通混合动力汽车的电池容量很小，仅在起 / 停、加 / 减速时供应或回收能量，不能外部充电，不能用纯电模式较长距离行驶；插电式混合动力汽车的电池相对比较大，可以外部充电，可以用纯电模式行驶，电池电量耗尽后再以混合动力模式（以内燃机为主）行驶，并适时向动力蓄电池充电，如图 2-13 所示。

图 2-13　充电接口

①美国主流车型。插电式混合动力车型的代表是通用公司的 Volt 和福特公司的 Fusion Energi。2016 款 Volt 采用排量 1.5L、压缩比 12.5∶1 的直喷发动机和两台电机，电池容量为 18.4kW·h，纯电续驶里程为 80km，0~100km/h 加速时间约为 8.4s。全新 Fusion 的纯电动续驶里程为 34km。

②日本主流车型。日本企业混合动力技术已经非常成熟，以混合动力车型为基础，可快速开发出插电式车型，主要有丰田、本田、三菱、日产的车型。丰田普锐斯插电式混合动力汽车搭载 1.8L 阿特金森循环发动机，整备质量 1350kg，电机的最大输出功率为 66kW，所用的锂电池容量为 9.8kW·h，纯电动续驶里程为 56km，燃油经济性方面具有明显优势。

③欧洲主流车型。欧洲插电式混合动力汽车发展较为成熟，宝马 530Le 装备 2.0L 涡轮增压汽油发动机，最大功率为 160kW，最大转矩为 310N·m，电动机峰值功率为 70kW、峰值转矩为 250N·m，0~100km/h 加速时间为 7.1s，最高车速为 233km/h，纯电动模式下最高车速为 120km/h，纯电动续驶里程可达 58km，如图 2-14 所示。

图 2-14　宝马 530Le 插电式混合动力汽车

④中国主流车型。比亚迪秦是比亚迪股份有限公司自主研发的 DM 二代（在纯电动和混合动力两种模式间进行切换）高性能三厢轿车，如图 2-15 所示。作为一款插电式混合动力汽车，秦的动力系统由一台大功率电动机和

图 2-15　比亚迪秦插电式混合动力汽车

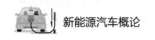

1.5T 汽油发动机组成，可以任意切换纯电动和混动模式。在混动模式下，秦的最大转矩达 479N·m，总功率 217kW，0~100km/h 加速仅需 5.9s，最高时速 185km/h，百公里油耗仅 1.6L。在家庭实用方面，秦用 220V 家用电源即可充电，其纯电动续驶里程达到 70km，完全能满足车主日常的上下班代步。

2）根据结构特点分类。

①串联式混合动力。该系统是由发动机驱动发电机，由此产生的电力再用来驱动电动机，从而驱动车轮。动力通过串联的方式传输到车轮。由于发动机通过串联方式经过电动机驱动车轮，该系统称为串联式混合动力系统，如图 2-16 所示。

在这种方式下，蓄电池就像一个水库，只是调节的对象不是水量而是电能。蓄电池对发电机产生的能量和电动机需要的能量进行调节，从而保证车辆正常工作。配置的发动机输出的动力仅用于推动发电机发电。系统输出动力等于电动机输出动力。其中最出名的是雪佛兰沃蓝达、宝马 i3 增程型。

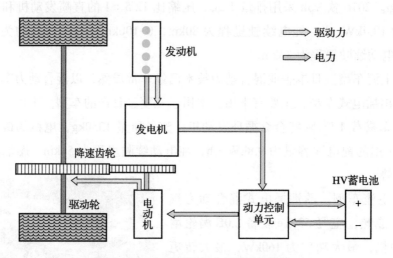

图 2-16 串联式混合动力系统结构图

②并联式混合动力。并联式混合动力系统有两套驱动系统：传统的内燃机系统和电机驱动系统，大多是在传统燃油车的基础上增加电机、电池、控制单元而成，电机与发动机共同驱动车轮。两个系统可以同时协调工作，发动机是主动力源，电机可以用来辅助加速过程中所需的动力。但是，无法仅依靠电机来驱动汽车，如图 2-17 所示。这种系统适用于多种不同的行驶工况，尤其适用于复杂的路况。由于车内只有一台电机，驱动车轮时充当电动机，不驱动车轮给电池充电时充当发电机，该方式结构简单，成本低。

这种方式的系统输出动力等于发动机与电机输出动力之和，其中最具代表性的是本田雅阁和思域。

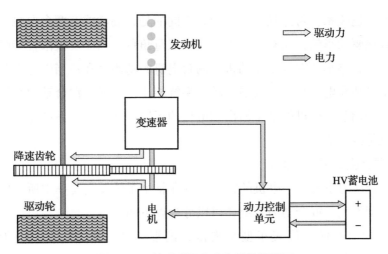

图 2-17　并联式混合动力系统结构图

③混联式混合动力。混联式混合动力系统由发动机、大功率电动机、发电机、动力分配装置和动力控制单元（转换器）组成。动力分配装置将发动机产生的动力一部分用来驱动车轮，一部分传递给发电机发电，以提供电力给电动机或给蓄电池再充电。当汽车运行在低转速范围内时，可以仅依靠低速大转矩的电动机驱动汽车，而当汽车在更高的速度范围内运行时，可以由高效率的发动机来驱动。丰田的混联式混合动力系统可以在任何驾驶条件下智能地控制发动机和电动机，在最佳的节能效率下进行工作，如图 2-18 所示。这套系统结构复杂，但动力性能和燃油经济性都相当出色，其中最出名的是丰田 THS-Ⅱ系统。

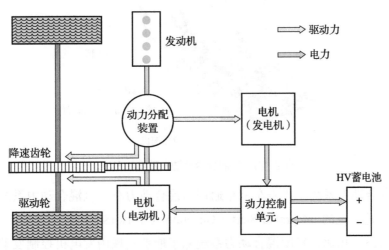

图 2-18　混联式混合动力系统结构图

混联式混合动力系统的特点在于内燃机系统和电机驱动系统各有一套机械变速机构，两套机构或通过齿轮系，或采用行星齿轮机构结合在一起，从而综合调节内燃机与

电动机之间的转速关系。与并联式混合动力不同的是，混联式有两台电机，一台是电动机，仅用于直接驱动车轮，还有一台电机具有双重角色：当需要极限性能时，充当电动机直接驱动车轮，整车功率就是发动机、两台电机的功率之和；当电力不足时，就充当发电机，给蓄电池充电。与并联式混合动力系统相比，混联式混合动力系统可以更加灵活地根据工况来调节内燃机的功率输出和电机的运转。此种方式系统复杂，成本高。普锐斯采用的就是混联式。

3）根据混合度的不同分类。

根据在混合动力系统中，电机的输出功率在整个系统输出功率中所占的比例，也就是常说的混合度不同，混合动力系统还可以分为以下四类。

①微混合动力系统。代表车型是雪铁龙的混合动力版 C3 和丰田的混合动力版 Vitz。这种微混合动力系统在传统内燃机上的起动机（一般为 12V）上加装了传动带驱动的起动机，也就是常说的 Belt-alternator Starter Generator，简称 BSG，如图 2-19 所示。该电机为发电起动（Start-Stop）一体式电机，用来控制发动机的起动和停止，从而取消了发动机的怠速，降低了油耗和排放。从严格意义上来讲，这种微混合动力系统的汽车不属于真正的混合动力汽车，因为它的电机并没有为汽车行驶提供持续的动力。在微混合动力系统里，电机的电压通常有两种：12V 和 42V，其中 42V 主要用于柴油混合动力系统。

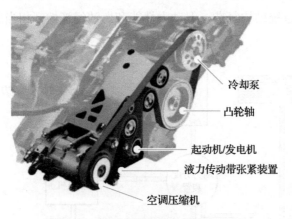

图 2-19　微混合混合动力系统的 BSG

②轻度混合动力系统。代表车型是通用的混合动力车。该混合动力系统采用了集成起动机，也就是常说的 Integrated Starter Generator（简称 ISG 系统），如图 2-20 所示。与微混合动力系统相比，轻度混合动力系统除了能够实现用发电机控制发动机的起动和停止，还能够实现以下功能：a. 在减速和制动工况下，对部分能量进行吸收；b. 在行驶过程中，发动机等速运转，发动机产生的能量可以在车轮的驱动需求和发电机的充电需求之间进行调节。轻度混合动力系统的混合度一般在 20% 以下。

图 2-20　轻度混合动力汽车透视图

③中度混合动力系统。本田旗下混合动力的 Insight、雅阁和思域都属于这种系统。该混合动力系统同样采用了 ISG 系统。与轻度混合动力系统不同，中度混合动力系统采用的是高压电机，如图 2-21 所示。另外，中度混合动力系统还增加了一个功能：在汽车处于加速或者大负荷工况时，电动机能够辅助驱动车轮，补充发动机本身动力输出的不足，从而更好地提高整车的性能。这种系统的混合度较高，可以达到 30%，目前技术已经成熟，应用广泛。

④完全混合动力系统。丰田的普锐斯和宝马 i8 属于完全混合动力系统。该系统采用 272~650V 的高压起动机，混合程度更高，如图 2-22 所示。与中度混合动力系统相比，完全混合动力系统的混合度可以达到 50%。完全混合动力系统逐渐成为混合动力技术的主要发展方向。完全混合动力驱动有四种形式。

图 2-21　中度混合动力汽车透视图

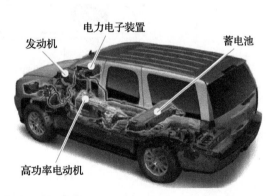

图 2-22　完全混合动力汽车透视图

a. 并联式混合动力系统，如图 2-23 所示。并联式结构的特点是简单。如果要对现有车辆进行"混合动力改造"，就使用这种结构。内燃机、电机和变速器装在同一根轴上。内燃机和电机各自的功率加起来，就是总功率。这种机构设计可以充分利用原车上的件（就是很多件可直接拿来用）。对于四轮驱动车辆来说，并联式混合动力结构可以将动力分配到四个车轮上。

b.分支式混合动力系统，如图 2-24 所示。分支式混合动力系统除了有一台内燃机，还有一台电机，两者都安装在前桥上。内燃机和电机所发出的动力经一个行星齿轮机构到达变速器。但与并联式混合动力系统不同的是，该系统不能将内燃机和电机各自的功率加起来传递到车轮上。动力系统所产生的功率，一部分用于驱动车辆，另一部分作为电能储存在高压蓄电池内。

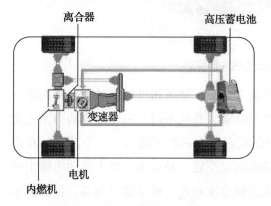

图 2-23　并联式混合动力系统

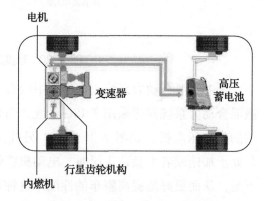

图 2-24　分支式混合动力系统

c.串联式混合动力系统，如图 2-25 所示。

串联式混合动力系统车辆只通过电机来驱动，内燃机与驱动轴是没有机械连接的。内燃机带动一台发电机，该发电机在车辆行驶时为电机供电或者给高压蓄电池充电。

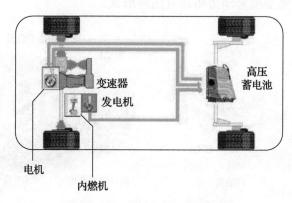

图 2-25　串联式混合动力系统

d.分支式串联混合动力系统，如图 2-26 所示。

分支式串联混合动力系统，就是把分支式混合动力系统和串联式混合动力系统综合在一起。该系统有一台内燃机和两台电机。内燃机和电机 1 装在前桥上，电机 2 装在后桥上。这种结构用于四轮驱动车。内燃机和电机 1 可以通过行星齿轮机构来驱动车辆变速器。要注意的是：在这里也是不能将内燃机和电机各自的功率加起来传递到车轮上。

后桥上的电机 2 在需要时才会工作。因结构原因，高压蓄电池布置在前、后桥之间。

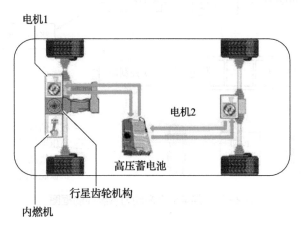

图 2-26 分支式串联混合动力系统

二、纯电动汽车主流车型

纯电动汽车（Electric Vehicle，EV）是指以车载电源为动力，用电机驱动车轮行驶，符合《道路交通安全法》各项要求的车辆。它对环境的影响相对传统汽车较小。电力驱动及控制系统是电动汽车的核心，也是区别于内燃机汽车的最大不同点。电力驱动及控制系统由驱动电机、电源和电机的调速控制装置等组成。电动汽车的其他装置基本与传统汽车相同。纯电动汽车与传统内燃机汽车相比有明显的优点，如低能耗、零排放、高效率、低噪声、运行平稳等。但是由于蓄能装置能量密度的限制，整车续驶里程较短，再加上充电基础设施建设不健全，因此纯电动汽车适合行驶于路线相对固定、配套设施较完善的城市区域。

1. 纯电动汽车动力系统结构

纯电动汽车动力系统是一个相对比较简单的系统，控制框图如图 2-27 所示。

从图 2-27 中可以看出，纯电动汽车动力系统由整车控制器、电机控制器、电动机、传动装置、动力蓄电池、电池管理系统及外接充电控制单元组成。纯电动汽车与传统内燃机汽车动力系统结构上的主要区别有两个方面：一是用电动机、电机控制器代替内燃机、电控系统；二是用动力蓄电池及电池管理系统代替燃油箱及供油系统。传统内燃机汽车不能将车辆减速或下坡时的能量回收，只能将这些能量通过机械摩擦转化成热量散失掉，而纯电动汽车可以利用电机及电机控制器的双向特性将车辆减速或下坡时的能量转换成电能储存起来，以提高能量的使用效率。

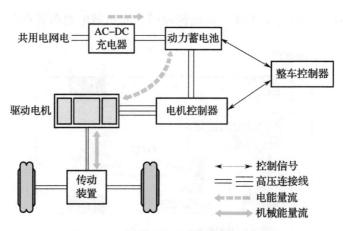

图 2-27　纯电动汽车动力系统控制框图

2. 美国主流车型

特斯拉（Tesla）是一家美国电动汽车及能源公司，主要产品有电动汽车、太阳能板及储能设备。特斯拉的传动技术来自 AC Propulsion 公司；它的电池为松下生产的 18650 电池；它的电机采购自中国台湾富田电机公司。其代表车型是 Model S 和 Model X，如图 2-28 所示。Model S 包括单电机后轮驱动和双电机全轮驱动两种形式，搭载 85kW·h 或 60kW·h 锂离子电池，0~100km/h 加速时间约为 5.7s，续驶里程最高达 502km。Model X 高性能版本 P90D 采用双电机四轮驱动，0~100km/h 加速时间仅为 3.4s，续驶里程达 467km，最高车速为 250km/h。2016 年发布的 Model 3 采用了钢铝混合车身，电池采用比能量达 315W·h/kg 的 20700 三元材料电池，续驶里程达到 346km。Model S 提供三种不同容量的电池供消费者选择，分别为 40kW·h、60kW·h 以及 85kW·h，这三种不同容量的电池将为车辆提供 256km、370km 和 480km 的最大续航里程。充电方式上，该车可以选择传统插座充电和充电站充电两种方式。

图 2-28　特斯拉 Model S 和 Model X 纯电动汽车

3. 日本主流车型

日本在 2011 年前拥有世界上最大的纯电动汽车消费群，日产的 Leaf 和三菱的 iMiEV 电动汽车是纯电动汽车的代表车型。2016 款 Leaf 搭载单体比能量约 157W·h/kg

的 30kW·h 电池组，采用峰值功率 80kW、最大转矩 254N·m 的电机，续驶里程达到172km，如图 2-29 所示。

图 2-29　日产的 Leaf 和三菱的 iMiEV 电动汽车

4. 欧洲主流车型

欧洲的纯电动汽车以德国产车型为代表。大众 E-Golf 采用一台峰值功率为 85kW、峰值转矩为 270N·m 的永磁同步电机，0~100km/h 加速时间为 10.4s，最高车速为140km/h，采用 24.2kW·h 锂离子电池组，整车质量 1510kg，续驶里程为 190km；宝马i3 的车身采用全碳纤维材质，锂离子电池组与底盘一体化设计，底盘由铝合金材质制造，整车质量仅为 1255kg，电机峰值功率为 125kW，峰值转矩为 250N·m，最高车速为 150km/h，0~100km/h 加速时间 7.2s，电池容量为 19kW·h，续驶里程为 160km，如图 2-30 所示。

图 2-30　大众 E-Golf 和宝马 i3 纯电动汽车

5. 中国主流车型

我国生产纯电动汽车的企业较多，但就目前市场销售及技术水平来看，比亚迪及北汽系列纯电动汽车排在前列，比亚迪 e6 整备质量为 2380kg，续驶里程为 400km，采用 82kW·h 锂离子电池组，能耗为 19.5kW·h/100km，0~100km/h 加速时间为 14.62s，最高车速为 140km/h。北汽 EV160 整备质量为 1295kg，续驶里程为 160km，采用25.6kW·h 锂离子电池组，能耗为 15kW·h/100km，0~100km/h 加速时间为 13s，最高车速为 125km/h，如图 2-31 所示。

图 2-31　比亚迪 e6 和北汽 EV160 纯电动汽车

（三）氢燃料电池汽车主流车型

氢燃料电池汽车作为一种真正意义上的"零排放，无污染"载运工具，是未来新能源清洁动力汽车的主要发展方向之一。其结构主要包括动力源、电机以及传动系统。它与纯电动汽车相似，只不过动力源不是锂电池，而是氢燃料电池。氢燃料电池技术应用还不够成熟，因此目前市场上氢燃料电池汽车的应用推广还很少，代表车型为丰田 Mirai，如图 2-32 所示。

图 2-32　丰田 Mirai 氢燃料电池汽车

丰田 Mirai 是一款氢燃料电池汽车，于 2014 年 2 月 15 日在日本正式上市。Mirai 使用了液态氢作为动力能源，液态氢被储存在位于车身后半部分的高压储氢罐中。Mirai 所使用的聚酰胺联线外加轻质金属的高压储氢罐可以承受 70MPa 压力，并分别置于后轴的前后。液态氢添加的过程与传统添注汽油或柴油相似，但对于安全性和加注设备具有独立的安全标准；充满 Mirai 的储氢罐需要 3~5min，在 JC08 工况下，Mirai 的储氢量可以支持 700km 续驶里程。减压后的液态氢进入位于乘员舱下方的燃料电池中，氢原子在燃料电池阴极上的反应释放电子从而产生电能，多个燃料电池串联后输出电压达到使用标准。

我国企业基于氢燃料电池汽车技术平台开发出的一系列氢燃料电池汽车，先后在北京奥运会、上海世博会、全球环境基金与联合国发展计划署共同支持的氢燃料电池城市客车商用化示范、新加坡首届青奥会等活动中和美国加利福尼亚州等区域进行了示范运行。上汽荣威 950 氢燃料电池汽车如图 2-33 所示。其最大的亮点在于其搭载有动力蓄电池和氢燃料电池双动力源系统。新车行驶以氢燃料电池为主，动力蓄电池为辅，基于车载充电器，新车可通过市网电力系统为动力蓄电池充电。

图 2-33　荣威 950 氢燃料电池汽车

任务 2　新能源汽车电池的类型与应用车型

学习目标

1. 掌握新能源汽车动力蓄电池的类型。

2. 熟悉目前市场所销售的新能源汽车所装配动力蓄电池种类。

职业素养要求

1. 严格执行汽车检修规范，养成严谨科学的工作态度。

2. 养成总结训练结果的习惯，为下次训练积累经验。

3. 养成团结协作的精神。

4. 严格执行 5S 现场管理。

任务与思考

1. 请查阅资料回答目前动力蓄电池的类型有哪些？各自特点是什么？应用车型有哪些？

2. 请查阅资料简述汽车动力蓄电池的发展现状。

知识学习

鉴于动力蓄电池在电动汽车产业中的重要作用，美国、日本、德国等国家均制定了车用动力蓄电池发展国家规划，对动力蓄电池的研发及产业化进行大力支持，以推动动力蓄电池技术的快速进步和市场推广应用。我国发布的《节能与新能源汽车产业发展规划（2010—2020）》重点支持动力蓄电池的产业化和电池模块的标准化，要求 2020 年动力蓄电池模块的比能量达到 300W·h/kg 以上，成本降至 1.5 元 /W·h 以下。

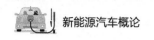

当前，动力蓄电池迎来了良好的发展机遇，2015 年我国动力蓄电池的配套规模达到 16.3GW·h，2020 年新能源汽车对动力蓄电池的需求超过 100GW·h，预计 2030 年超过 300GW·h。我国动力蓄电池的技术研发水平及产业化规模位居世界第一，有力支撑了我国新能源汽车的研发、推广、应用和产业化。

（一）动力蓄电池类型、特点及应用车型

动力蓄电池作为新能源汽车的能量储存装置，其性能的优劣直接影响新能源汽车消费者的接受度，例如安全性、比能量、能量密度、比功率、寿命以及成本等。

1. 动力蓄电池类型

电池是指装有电解质溶液和金属电极以产生电流的杯、槽或其他容器或复合容器的部分空间，能将化学能转化成电能的装置。在车辆上使用的动力蓄电池的类型如图 2-34 所示。

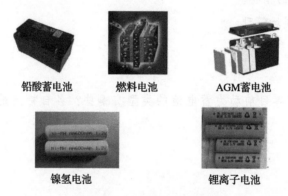

铅酸蓄电池　　燃料电池　　AGM蓄电池

镍氢电池　　锂离子电池

图 2-34　动力蓄电池的类型

目前，铅酸蓄电池、镍氢电池和锂离子电池在电动汽车领域均有应用，锂离子电池是目前实现产业化的动力蓄电池产品中能量密度最高的电化学体系，具有较长的循环寿命和使用寿命，安全性不断提升。同时，锂离子电池已处于自动化大规模生产制造阶段，成本不断下降。锂离子电池作为铅酸蓄电池和镍氢电池的技术及产业升级换代产品，具有比能量高、比功率高、自放电率低、无记忆效应以及环境友好等突出优点，成为目前技术研究及产业化的重点，其应用范围涵盖了混合动力汽车、插电式混合动力汽车和纯电动汽车等。

2. 动力蓄电池特点及应用车型

（1）**镍氢电池**　镍氢电池主要由氢离子和金属镍组成，每一个单元电池的额定电压为 1.2V。电量储备比镍镉电池多 30%，比镍镉电池更轻，使用寿命也更长，并且对

环境无污染。镍氢电池的缺点是价格比镍镉电池要贵好多，性能比锂电池要差。镍氢电池中的"金属"部分实际上是金属氢化物，其化学反应为：电池充电时，氢氧化钾（KOH）电解液中的氢离子（H^+）会被释放出来，由这些化合物将它吸收，避免形成氢气（H_2），以保持电池内部的压力和体积。当电池放电时，这些氢离子便会经由相反的过程而回到原来的地方。

在新能源汽车中，大功率的镍氢电池主要使用在油电混合动力车辆中，其最有代表性的车辆就是丰田普锐斯。该车电池是由日本松下公司生产，使用了特别的充放电程序，使电池充放电寿命可供车辆使用十年。其他使用镍氢电池的混合动力汽车包括福特的 Escape、雪佛兰的 Malibu、本田的 Civic Hybrid 等车型。虽然镍氢电池比锂离子电池重，但仍然有部分纯电动汽车使用镍氢电池，如本田的 EVPlus、福特的 RangerEV 等车型。

（2）**锂离子电池** 目前，锂离子电池主要用于纯电动汽车及插电式混合动力汽车，但纯电动汽车续驶里程相对于常规燃油车较短，动力蓄电池的成本依然较高，安全性能有待进一步改善与提升。因此，世界主要汽车生产国均在持续开展动力蓄电池技术创新研究和扩大产业规模，特别是进一步提高动力蓄电池的安全性、比能量、比功率及使用寿命，进一步降低制造成本。

常见的锂离子电池主要有磷酸铁锂电池，是指用磷酸铁锂作为正极材料的锂离子电池。其他锂离子电池的正极材料还有钴酸锂、锰酸锂、镍酸锂、三元材料等。与其他锂电池相比，磷酸铁锂电池主要有以下几大优势：

1）安全性能较好。磷酸铁锂晶体中的 P—O 键稳固，难以分解，即便在高温或过充电时也不会像钴酸锂那样结构崩塌发热或是形成强氧化性物质，因此拥有良好的安全性。

2）寿命较长。磷酸铁锂电池的循环寿命比较长。长寿命铅酸蓄电池的循环寿命在 300 次左右，最高也就 500 次，而磷酸铁锂动力蓄电池的循环寿命可达 2000 次。

3）高温性能好。磷酸铁锂电池的热峰值可达 350~500℃，而锰酸锂和钴酸锂电池在 200℃左右。

4）大容量。具有比普通电池（铅酸蓄电池等）更大的容量，单体容量为 5~1000A·h。

5）无记忆效应。可充电电池经常处于充满不放完的条件下工作，容量会迅速低于额定容量，这种现象叫作记忆效应。镍氢、镍镉电池都存在记忆性，而磷酸铁锂电池无此现象，电处于什么状态，可随充随用，无须先放完再充电。

6）环保。该电池一般被认为是不含任何重金属与稀有金属（镍氢电池需稀有金属）、无毒（SGS 认证通过）、无污染的绿色环保电池。

磷酸铁锂电池也存在一些性能上的缺陷，例如振实密度与压实密度很低，导致锂离

子电池的能量密度较低，低温性能差；材料的制备成本与电池的制造成本较高，电池成品率低，产品一致性差。

在新能源汽车中，其动力蓄电池采用磷酸铁锂电池的主流车型为比亚迪唐，其蓄电池组为自主研发，如图 2-35 所示。

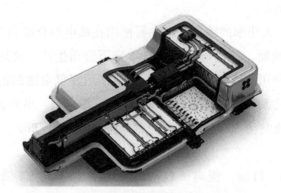

图 2-35　比亚迪唐装备的磷酸铁锂动力蓄电池组

三元聚合物锂电池是指正极材料使用锂镍钴锰三元正极材料的锂电池。三元复合正极材料前驱体产品，是以镍盐、钴盐、锰盐为原料，是在容量与安全性方面比较均衡的材料，循环性能好于正常钴酸锂。前期由于技术原因其标称电压只有 3.5~3.6V，在使用范围方面有所限制，但到目前，随着配方的不断改进和结构完善，电池的标称电压可达3.7V，在容量上已经超过钴酸锂电池的水平。

三元锂电池的优点是能量密度和振实密度高；其缺点是安全性能、耐高温性能以及大功率放电性能差，使用寿命短，有毒不环保。

在新能源汽车中，使用三元锂电池作为动力蓄电池的车型主要有北汽纯电动系列，如北汽 EV200（见图 2-36），其电池由韩国厂家生产。其他主流车型应用的电池类型见表 2-1。

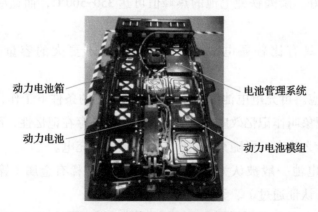

动力电池箱　　　　　　　　　　电池管理系统

动力电池　　　　　　　　　　　动力电池模组

图 2-36　北汽 EV200 三元锂电池

表 2-1　电动汽车动力蓄电池类型

车型名称	车辆型号	电池类型	电池容量 /kW·h	续驶里程 /km
北汽 EV160	BJ7000B3D1-BEV	磷酸铁锂	25.6	160
北汽 EV200	BJ7001B3D2-BEV	三元锂	30.4	200
北汽 ES210	BJ7000C7H1-BEV	三元镍酸锂	38	175
奇瑞 eQ	SQ2R7000BEVJ00	三元锂	22.3	170
江淮 iEV4	HFC7000AEV	磷酸铁锂	19.2	160
江淮 iEV5	HFC7001AEV	三元锂	23	170
上汽 E50	CSA7000BEV	磷酸铁锂	18	120
比亚迪 e6	QCJ7006BEVF	磷酸铁锂	63.4	300
腾势	QCJ7007BEV	磷酸铁锂	47.5	250
吉利知亚	SMA7000BEV01	三元锂	15.3	150
启辰晨风	DFL7000B2BEV	锰酸锂	24	175

二、汽车动力蓄电池发展现状

动力蓄电池的性能提升离不开电池材料的进步，同时材料技术水平的提升又极大地推动动力蓄电池技术的发展，二者相辅相成，相互促进。

1. 正极材料

高比容量、高比功率、高安全性和长循环寿命的正极材料已成为研究开发和产业化的热点，一般应满足以下条件：

1）在要求的充放电电位范围内，与电解液具有良好的相容性。

2）温和的电极过程动力学。

3）可逆性好。

4）在全锂化状态下稳定性好。

从正极材料来看，2015 年全球正极材料的产量达到 17 万 t（包括钴酸锂、锰酸锂、磷酸铁锂、镍钴铝和镍钴锰三元材料），我国正极材料产量接近 10 万 t，在镍钴锰和镍钴铝材料的研发和产业化方面已进入世界前列，可满足动力蓄电池对正极材料的需求。动力蓄电池正极材料发展现状见表 2-2。

表 2-2　动力蓄电池正极材料发展现状

正极材料	钴酸锂（LCO）	镍钴锰酸锂（NCM）	锰酸锂（LMO）	磷酸铁锂（LFP）	镍钴铝酸锂（NCA）
分子式	$LiCoO_2$	$LiNi_xCo_yMn_{1-x-y}O_2$	$LiMn_2O_4$	$LiFePO_4$	—
电压 /V	3.7	3.6	3.8	3.3	3.7
比容量 /（mA·h/g）	150	160	120	150	170
压实密度 /（g/cm³）	2.8~3.0	2.0~2.3	2.2~2.4	1.0~1.4	2.0~2.4
优点	充放电稳定，生产工艺简单	电化学性能稳定，循环性能好	锰资源丰富，价格较低，安全性能好	高安全性，环保长寿	高能量密度，低温性能好
缺点	钴价格昂贵，循环寿命较低	用到一部分钴，价格昂贵	能量密度低，电解质相容性差	低温性能较差，放电电压低	高温性能差，安全性能差，生产技术门槛高

2.负极材料

具备高比容量、高充放电效率、高循环性能以及低成本等特点的负极材料已经成为研究开发和产业化的热点，一般应满足以下条件：

1）良好的电子电导率。

2）锂离子扩散系数大。

3）嵌锂前后体积变化小。

4）嵌锂可逆容量高。

5）反应自由能变化小，嵌锂电位低。

6）高度可逆性。

7）与电解液相容性好。

目前，已规模化生产的负极材料主要包括层状结构的碳材料（包括人造石墨、天然石墨、中间相碳微球、软碳及硬碳等）、合金类材料和氧化物材料，其发展现状见表2-3。

表 2-3　动力蓄电池负极材料发展现状

负极材料	天然石墨	人造石墨	中间相碳微球
比容量 /（mA·h/g）	340~370	310~360	300~340
首次效率	90%	93%	94%
500 次循环容量	80%	85%	85%
压实密度 /（g/cm³）	1.4~1.65	1.4~1.7	1.4~1.6
加工性能	好	较好	好
安全性能	低	高	高

（续）

负极材料	天然石墨	人造石墨	中间相碳微球
材料成本	低	较高	高
灰分	≤0.05%	≤0.06%	≤0.1%
应用领域	小型 / 动力蓄电池		

3. 动力蓄电池技术国内外对比

从动力蓄电池的材料来看，国外动力蓄电池的正极材料普遍采用镍钴锰或镍钴铝材料，或与尖晶石锰酸锂材料混合使用。而国内动力蓄电池正极材料目前采用磷酸铁锂材料居多，负极材料普遍采用石墨类材料。由于磷酸铁锂动力蓄电池比能量提升存在瓶颈，难以达到比较高的比能量，从提高动力蓄电池比能量的角度出发，国内在正极材料方面采用镍钴锰或镍钴铝材料的趋势较为明显。

在规模生产制造方面，国外动力蓄电池企业实现了生产过程全自动化管理运营体系，保证了产品质量及一致性；国内动力蓄电池企业基本上以单机自动化为主，部分企业实现了生产过程的全自动化管理。

4. 动力蓄电池发展存在的问题

总体而言，我国锂离子动力蓄电池技术与国外先进技术水平差距不大，但电池基础性和支撑性的研究与开发工作相对薄弱，规模生产动力蓄电池均匀一致性等指标与国外有比较大的差距，电池系统集成技术水平不高，产业技术创新能力不足。

1）动力蓄电池技术创新能力不足，表现为研发投入少、研发人员数量不足、自主推出的新产品少、产品升级换代慢，动力蓄电池的技术水平需要进一步提升。目前，锂离子电池产业相关专利以及核心技术仍然缺乏，将阻碍我国锂离子电池参与国际市场竞争。

2）锂离子电池关键材料技术总体上仍然落后于国外先进水平，部分材料还依赖进口；动力蓄电池生产的自动化水平不高，多数企业生产自动化和控制、管理存在缺陷和不足，制约了高水平动力蓄电池的成品率、一致性和成本。

3）动力蓄电池评价不够深入，安全性、循环耐久性、环境适应性评价不够，动力蓄电池在使用过程中存在的安全问题较多，使用寿命达不到要求。

4）动力蓄电池企业众多，动力蓄电池规格尺寸众多，动力蓄电池单体及模块的标准化制造水平不高，制约了动力蓄电池企业做大做强，影响了产品市场竞争力。

三、新型锂离子电池

以高容量 / 高电压正极材料、高容量负极材料、高安全性的功能性电解液材料和高安全性的复合隔膜材料为主要方向，开展正极、负极、隔膜及电解液的匹配技术研究，开展多孔极片模型设计研究，发展高负载电极、表面涂层电极、电池仿真及设计等先进技术和工艺，开发新型锂离子动力蓄电池。

同时，还要研究发展锂硫电池、金属空气电池、固态电池等新体系电池，大力发展金属锂、硫/碳复合电极、空气电极、固态电解液等新材料，解决相关的科学基础问题、工程基础问题，基于新体系电池的动力蓄电池产品实现实用化，让纯电动汽车具有与传统燃油车相当的续驶里程，经济性具有竞争力。

任务 3　新能源汽车参数与性能评价

学习目标

1. 能描述新能源汽车的评价参数。
2. 能描述国外新能源汽车的厂商及车型特点。
3. 能描述国内新能源汽车的厂商及车型特点。

职业素养要求

1. 严格执行汽车检修规范，养成严谨科学的工作态度。
2. 养成总结训练结果的习惯，为下次训练积累经验。
3. 养成团结协作的精神。
4. 严格执行 5S 现场管理。

任务与思考

1. 新能源汽车评价参数主要包括_____、_____、_____以及使用的方便性。

2. 目前市场上主流的动力蓄电池主要有：_____电池、_____、_____电池。

3. 我国目前对新能源汽车混合动力的补贴也是以_____续驶里程为基准的。

4. 动力蓄电池的性能参数通常用于评价和衡量的是_____、电池的_____以及电池的_____。

5. 新能源汽车充电时间，是指采用指定的方式，对电池电量处于_____状态下，进行_____所需要的时长。

💡 知识学习

(一、新能源汽车参数与性能评价

传统汽车的性能参数包括动力性、燃油经济性、制动性、操控稳定性、平顺性以及通过性等。对于新能源汽车，又该如何去正确评价它的性能呢？

新能源汽车是传统汽车与新能源的组合，因此，在评价新能源汽车时还是参考传统汽车的参数来进行科学的评定，不同的是有些评定参数的实验方法会根据新能源汽车的特性进行修订。

作为汽车应用工程领域，我们对新能源汽车的性能评定同时还应结合市场上大众的习惯性认知。这些评价参数主要包括新能源汽车的续驶里程、驱动功率、充电时间以及使用的方便性，这里使用的方便性通常指的是汽车与外部的互联性能，新能源汽车的评价参数如图 2-37、图 2-38 所示。

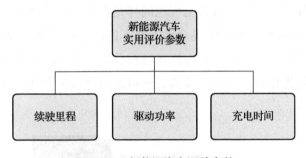

图 2-37　新能源汽车评价参数

图 2-38　新能源汽车参数

1.续驶里程

续驶里程是新能源汽车首要的参数，如果是纯电动汽车，是指从充满电的状态下到

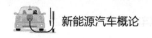

实验结束时所行驶的距离，以 km 为单位。

如果是纯电动汽车，续驶里程关系着车主的使用经济利益，也关系着整车的技术性能。特斯拉纯电动汽车 Model S（见图 2-39a）的续驶里程为 400km；2015 款比亚迪 e6 纯电动汽车（见图 2-39b）的续驶里程为 400km。

a）　　　　　　　　　　　　　　　　b）

图 2-39　纯电动汽车

a）特斯拉 Model S　b）比亚迪 e6

如果是混合动力汽车，续驶里程分为两部分，这包括纯电动行驶里程和燃油行驶里程。在这个续驶里程里，纯电动行驶里程也同样是衡量一辆混合动力新能源汽车的重要指标参数，图 2-40 所示的荣威 550 混合动力汽车的纯电动续驶里程为 56km。早期有些学者曾以纯电动续驶里程来对混合动力汽车进行分类，纯电动续驶里程越大的混合动力汽车被认为是性能越优越的。此外，我国目前对新能源汽车混合动力的补贴也是以纯电动续驶里程为基准的。

图 2-40　荣威 550 混合动力汽车

续驶里程受多种因素影响，这包括外部因素和内部因素。

外部因素是指车辆外部的运行环境对车辆的影响。例如行驶所在的路况，路况差对续驶里程有负面影响；道路的坡度影响，坡度越大，耗电量也越大，续驶里程也越小；风力的风向和大小影响，迎风状态下，续驶里程减小；车辆行驶时的气温以及道路温度也会影响到汽车动力蓄电池的放电状态，如图 2-41 所示，从而影响续驶里程。此外，道路的种类、交通拥挤状态以及驾驶人的驾车习惯都会影响续驶里程。

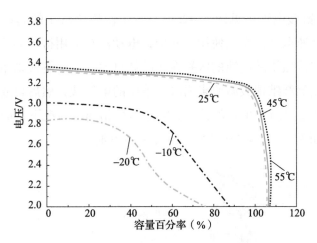

图2-41　不同温度下的放电曲线

内部因素主要是指车辆自身的设计部件参数，其中最主要的是车辆设计动力蓄电池容量与技术性能，此外还包括车辆本身的质量以及对能量的利用率等。

下面主要针对续驶里程的首要因素，即动力蓄电池来进行介绍。动力蓄电池性能参数评价和衡量的指标主要是电池的容量、电池的类型以及电池的电压等。

（1）**动力蓄电池的容量**　动力蓄电池的容量一般是指电池的额定容量，是指动力蓄电池在设计的放电条件下，电池保证给出的最低电量。这个参数表征了动力蓄电池储存电量的能力。

对于单个电池单元，电池容量的单位是 A·h，用 C 表示。而针对新能源汽车整个电池组，一般不会参考单个电池容量 A·h 这个单位，原因是 A·h 很难给我们直观的电池容量大小。

在新能源汽车中，利用 kW·h 这个单位去衡量电池容量的大小。kW·h 这个单位也就是我们常说的"度"。当给我们一个度的概念后，我们就能判断出电量的大小了，因为我们将这个"度"结合到实际生活中去，10 度电就是 100W 灯泡点亮 100h 所需的能量。

衡量新能源汽车时，如果一台电动汽车动力蓄电池容量标注了 24kW·h，我们就可以粗略判断它可以提供约 200km 的续驶里程（纯电动汽车百公里电耗一般在 13kW·h左右）。

（2）**动力蓄电池的类型**　动力蓄电池作为新能源汽车特别是纯电动汽车的能源提供装置，也是最为核心的部件。目前动力蓄电池的能量密度、循环寿命、技术成熟度以及成本等关键性指标成为制约电动汽车大规模产业化的因素，动力蓄电池在整个新能源汽车特别是纯电动汽车中的成本约比在 30% 以上。

目前市场上主流的动力蓄电池主要有：铅酸电池、镍氢电池、锂电池。

1）铅酸电池。铅酸电池（见图 2-42a）一般用作传统汽车的起动蓄电池，或者在一些价格较便宜的低速电动汽车上使用。其中，电动汽车上用得较多的是铅酸电池中的一种胶体电池，它与普通铅酸电池的区别在于胶体电池内的电解液采用了胶体材料吸附技术，一般用超细玻璃纤维棉吸附原来铅酸电池中的电解液，然后再放置于电池极板之间。胶体电池（见图 2-42b）在与普通铅酸电池体积相同的情况下，储存的电量比铅酸电池大 20% 左右。此外，胶体电池的寿命也比铅酸电池长。

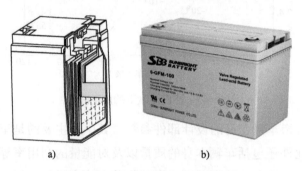

a)   b)

图 2-42 普通铅酸电池与胶体电池

a）普通铅酸电池 b）胶体电池

2）镍氢电池。镍氢电池（Nickel-Metal Hydride Battery），是正极活性物质主要由镍制成、负极活性物质主要由储氢合金制成的一种碱性电池。

20 世纪 80 年代，市场上出现有两种类型的镍氢电池，即高压氢镍电池和金属氢化物镍电池。由于镍氢电池的安全可靠性，早期很多纯电动汽车采用了该类电池。镍氢电池如图 2-43 所示。

图 2-43 镍氢电池

3）锂电池。锂电池是一类以锂金属或锂合金为负极材料、使用非水电解质溶液的电池。锂电池大致可分为两类：锂金属电池和锂离子电池。

锂电池主要出现在 20 世纪 90 年代，现在以锂离子为基础的电池有多种形式，如液态锂离子电池、聚合物锂离子电池等。

早期锂离子电池用于笔记本电脑、手机等电器上，伴随着电池管理软件的进步，很多电动汽车也陆续采用锂离子电池了。特斯拉采用的 18650 锂电池如图 2-44 所示，18650 即指电池的直径为 18mm、长度为 65mm、圆柱形的电池。

图 2-44 特斯拉采用的 18650 锂电池

三种类型电池的优缺点比较见表 2-4。

表 2-4 三种类型电池的优缺点比较

电池类型	优点	缺点
铅酸电池	可以大电流进行放电、使用温度范围很宽、可逆性好、原材料来源丰富、制造工艺简便、价格便宜	单位体积储存的电量较少、材料存在污染性且有毒
镍氢电池	单位体积储存的电量多、可快速充放电、低温性能良好、可密封、耐过充过放能力强、安全可靠、对环境无污染、无记忆效应	价格高
锂电池	开路电压高（单体电池电压高达 3.6~3.8V），同体积储存的电量比镍氢电池还要大、循环寿命长、无公害、无记忆效应、自放电小	过充放电的保护问题不易解决、成本高、不能用大电流放电

（3）电池电压 电池电压在新能源汽车中主要指的是整个动力蓄电池组的电压。这个参数用于衡量电动汽车采用的导线质量以及电池自身容量的大小。

电动汽车动力蓄电池无论是采用什么类型的电池，都是由很多的单个电池单元进行并、串联组成的，用于提高整个电池的容量和输出电压，如图 2-45 所示。

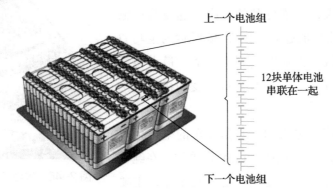

上一个电池组

12块单体电池
串联在一起

下一个电池组

图 2-45 电动汽车内部动力蓄电池连接特点

电动汽车需要提高输出电压来降低从动力蓄电池到驱动电机之间电能的损耗，并减小传递电能导线的尺寸。例如，对于一台 50kW 的电机，如果采用 30V 电压输出，那么

额定工作时的输出电流将会是 50kW/30V=1667A，这将需要一根很粗的导线，但是如果能够将电压提高到 300V，那么它输出的最大电流将只有 167A。

2. 驱动功率

驱动功率是衡量新能源汽车动力性的重要指标，直接影响汽车的加速性能和最高车速。

纯电动汽车的驱动功率唯一来源就是驱动电机；而混合动力汽车的驱动功率在纯电动行驶模式下，是由电机来提供的，在混合动力驱动模式下一般是内燃机与电机的组合。

目前，应用在新能源电动汽车中的驱动电机主要有直流电动机、异步电动机、永磁同步电动机和开关磁阻电动机 4 种形式，见表 2-5，其中永磁同步电动机是目前市场上电动汽车的首选驱动电机。

表 2-5　典型电动机性能

性能	直流电动机	异步电动机	永磁同步电动机	开关磁阻电动机
转速范围 /（r/min）	4000~6000	12000~20000	4000~10000	>15000
功率密度	低	中	高	较高
电动机质量	重	中	轻	轻
电动机体积	大	中	小	小
可靠性	一般	好	优良	好
结构坚固性	差	好	好	好
控制器成本	低	高	高	一般

驱动电机的参数关系到汽车的动力性能，电机输出功率的大小就类似于传统汽车内燃机的输出功率。输出功率越大，车辆行驶的最高车速越高；输出转矩越大，加速性能越好。图 2-46 所示的宝马 i3 纯电动汽车，电机最大功率达到 125kW，最大转矩为 250N·m，相当于一台 3.0L 排量的发动机所输出的功率。

图 2-46　宝马 i3 纯电动车与电机

（1）电机功率　电机功率是指该车的电机可以实现的最大功率输出，功率使用 kW 作单位。在纯电动汽车上，最大功率往往反映的是最高车速，主要用来描述汽车的动力性能，体现电机在瞬间超负荷运转的能力。

很多纯电动汽车或混合动力汽车可能会搭载有 2 台及以上电机，这主要是因为单一的电机随着功率的提升其体积也会随之增加，出于车辆空间布置的考虑一般将 2 台及以上电机通过合适的齿轮机构进行组合实现动力的整体配合输出，图2-47所示是普锐斯混合动力变速器内的2台电机。

图2-47　普锐斯混合动力变速器内的2台电机

此外，有的车型还会将2台电机分别用于汽车的前后（驱动）轴上，即可能会出现一台电机输出的动力仅传递到前轮上，另一台电机输出的动力仅传递到后轮上的情况，如图2-48所示。

前轴电机
最大功率：167kW
最大转矩：330N·m

后轴电机
最大功率：355.7kW
最大转矩：600N·m

前、后两台电机可以为P85D提供167kW与355.7kW的最大功率，
综合功率高达522.7kW，转矩达到930N·m，数据堪比超跑

图2-48　前后轴电机

（2）**电机转矩**　电机最大转矩是电机最重要的参数，常用单位为N·m，电机最大转矩与电机的转速、功率有关。在功率一定的情况下，转矩越大，转速就越低；转矩越小，转速就越高。纯电动汽车中对电机最大转矩比较重视，因为低速转矩较大的车辆，其加速性能就会较好。电机功率、转矩与转速之间的关系如图2-49所示。

（3）**充电时间**　新能源汽车还有一个很重要的参数就是充电时间，是指采用指定的方式，对一辆电量处于最低状态下的新能源汽车的电池充

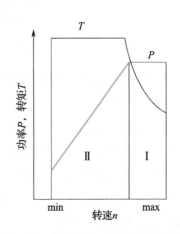

图2-49　电机功率、转矩与转速关系图

满电所需要的时长。充电时间的长短也已经影响到一个消费者对购买新能源汽车车型的选择了。

充电时间的长短与很多因素有关，这既包括本身车辆的电池容量、设计的充电方式，也包括充电时的环境因素。但是，真正影响充电时长的应该是车辆本身的设计因素，例如电池容量和充电的方式。总的来说，电池容量越大，相应的充电时间越长。

目前，大多数的纯电动汽车快充 30min 可充 50%，1~1.5h 充满；慢充需要 6~10h 充满。表 2-6 所列是典型的纯电动汽车充电时间比较。

表 2-6　典型的纯电动汽车充电时间比较

比亚迪 e6 2016 款 400 豪华型	荣威 e50 2015 款标准型	北汽 EV 系列 EV200 2015 款轻快版
快充 1.5h；慢充 8h	慢充 6~8h	快充 1h；慢充 8~9h

充电方式分为快充和慢充，这里所说的快充与慢充有两种解释。

第一种解释是：早期的快充一般指的是采用直流的方式进行充电，即给车辆充电的是外部的充电桩，充电桩会直接将一个 220V 的电网电转变成与车辆内动力蓄电池相同的电压直流电，通过车辆上设计的直流充电接口就可以直接给内部的动力蓄电池直流充电了。这种充电方式形式直接，充电电流大，因此，充电时间相对较短。例如，图 2-50 所示左侧中比亚迪 e6 的快速充电接口，可以清楚地看到接口是 2 个很粗的插孔。

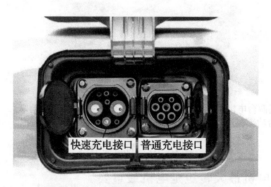

图 2-50　比亚迪 e6 快速充电接口

慢充指的是利用车辆自身的部件，将外部 220V 电网的电压转变为适合动力蓄电池的直流电压对车辆进行充电。由于车辆自身转变电压受部件功率的影响，因此，此类充电的时间较长，我们称之为慢充。图 2-50 所示右侧的普通充电接口，即为慢充接口。

第二种解释是：目前很多纯电动汽车和插电式混合动力汽车所指的充电方式，车辆只设计了一个充电接口，即国家标准的充电接口，如图 2-51 所示。在充电时，内部转换器采用 2 种功率输出，对应的充电电流也就不同，分别为 32A 和 16A，16A 的通常称为慢充，32A 的称为快充。

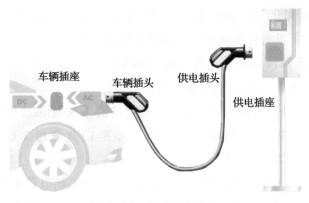

图 2-51　标准充电接口

（4）百公里耗电量　传统汽车需要支付燃油的费用，而电动汽车需要支付充电的费用，相对于传统汽车的百公里油耗而言，新能源汽车涉及百公里耗电量。新能源汽车主要电力消耗分布如图 2-52 所示。

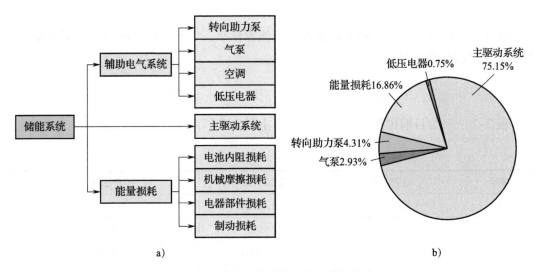

图 2-52　新能源汽车主要电力消耗分布

如果从新能源汽车使用经济性的角度评价，百公里耗电量（图 2-53）给我们提供的最直观的感受就是新能源汽车行驶费用降低。

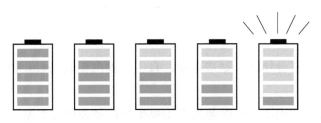

图 2-53　耗电量示意图

例如，以福克斯和北汽 EV200 为例对比燃油车与电动汽车在用车成本方面的差异。按照一年 2 万 km 的标准行驶里程计算，计算的费用如下：

油费：以福克斯 2014 款两厢经典 1.8L 手动酷白典藏版为例，该车百公里工况油耗为 8.3L，以 95 号汽油 7.57 元 /L 的价格计算：

$$油费 = 行驶里程 \div 100 \times 百公里油耗 \times 燃油价格$$

最后算出福克斯 2014 款两厢经典 1.8L 手动酷白典藏版 2 万 km 的燃油总支出 $=20000 \div 100 \times 8.3 \times 7.57=12566.2$ 元。

按照工业用电电费 0.8 元 /kW·h、北汽 EV200 百公里耗电量 14.5kW·h 计算：

$$电费 = 行驶里程 \div 100 \times 百公里耗电量 \times 电价$$

最后算出北汽 EV200 一年的电费总支出 $=20000 \div 100 \times 14.5 \times 0.8=2320$ 元。

两者费用上相差了近 1 万元，因此，百公里电耗越低的车辆，其经济性也就越好。

二、新能源汽车主要生产厂商及代表车型

世界各国的汽车生产厂商都陆续推出新能源汽车，以下列举目前国外和国内新能源汽车生产厂商及代表车型。

1. 国外新能源汽车主要生产厂商及代表车型

表 2-7 所列为目前国外部分新能源汽车主要生产厂商及代表车型。

表 2-7 国外部分新能源汽车主要生产厂商及代表车型

序号	生产厂商	品牌/车型	产品类型
1	特斯拉	Model S/X	纯电动汽车
2	宝马	I3/I8	纯电动汽车
3	大众	Golf GTE	纯电动汽车
4	通用	沃蓝达 PHEV	插电式混合动力汽车
5	丰田	普锐斯	插电式混合动力汽车
6	奥迪	Q5 PHEV	插电式混合动力汽车
7	雷诺	Zoe	纯电动汽车

2. 国内新能源汽车主要生产厂商及代表车型

目前国内许多合资合作汽车制造企业、自主品牌汽车制造企业都在大力研发新能源汽车。

表 2-8 列举目前国内部分新能源汽车主要生产厂商及代表车型。

表2-8 国内部分新能源汽车主要生产厂商及代表车型

序号	生产厂商	品牌／车型	产品类型
1	北汽新能源	E150EV、EV160、EV200	纯电动汽车
2	比亚迪	e6	纯电动汽车
3		秦	插电式混合动力汽车
4	上汽荣威	E50	纯电动汽车
5		E550	插电式混合动力汽车
6	重庆长安	CV11	混合动力汽车
7	奇瑞	瑞麒	纯电动汽车
8		ISG/BSG	油电混合动力汽车
9	江淮汽车	iEV 系列	纯电动汽车
10	上汽集团	帕萨特	燃料电池汽车
11	吉利汽车	熊猫 EK-1	纯电动汽车
12	上汽通用五菱	宏光 MINIEV、五菱 NANOEV	纯电动汽车

3. 常见的新能源汽车及特点介绍

下面介绍常见的国内外新能源汽车车型及特点。

（1）特斯拉（Tesla）纯电动汽车 特斯拉汽车公司（Tesla Motors）是美国一家产销电动汽车的公司，由斯坦福大学硕士辍学生埃隆·马斯克与硕士毕业生 JB Straubel 于 2003 年成立，总部设在美国加利福尼亚州的硅谷。

特斯拉汽车公司以电气工程师和物理学家尼古拉·特斯拉命名，专门生产纯电动汽车，生产的几大车型有：Roadster、Model S、Model X。特斯拉汽车公司是世界上第一个采用锂离子电池的电动汽车公司，其推出的首部电动汽车为 Roadster。2008—2012 年，公司在 31 个国家和地区销售超过 2250 辆 Roadster。公司在 2010 年开始为英国和爱尔兰市场生产右侧行驶的 Roadster，并扩大销售至大洋洲、日本、中国香港地区和新加坡以及中国内地。

特斯拉 Model S（见图 2-54）拥有独一无二的底盘、车身、发动机以及能量储备系统，具有自动驾驶、智能空气悬架、车载双充电器等特色。特斯拉 Model S 技术参数见表 2-9。Model S 的标准充电配置为车载充电器和一个 40A 的单相壁挂式连接器。

图 2-54 特斯拉 Model S

表 2-9　特斯拉 Model S 技术参数

动力蓄电池 /(kW·h)	输出功率 /kW	续驶里程（转速）/km	加速时间（0~100km/h）/s	最高车速 /(km/h)
60	283	345（105km/h）	6.2	190
80	283	460（105km/h）	5.6	225

特斯拉 Model X 采用双电机全轮驱动形式及标准配置，如图 2-55 和图 2-56 所示。第二个电机能够使汽车在各种气象和路面条件下都能获得更加强劲的转矩和牵引力。Model X Performance 从 0 加速到 96km/h 用时不到 5s，超越很多 SUV 和跑车。

a)　　　　　　　　　　　　　　b)

图 2-55　特斯拉电动汽车的两种驱动形式

a）后轮驱动　b）双电机全轮驱动

图 2-56　双电机全轮驱动的 Model X

（2）丰田普锐斯混合动力汽车　自 1997 年丰田公司推出普锐斯至今，上市的混合动力汽车有十多种。从这些混合动力汽车的动力系统来看，采用 THS 和 THS Ⅱ 的普锐斯是较为典型的代表，THS 已有多种变型产品，如在 THS 基础上改进的 THS Ⅱ、在 THS 的基础上增加无级变速器的 THS-C（C 代表无级变速器）系统、在 THS Ⅱ 的基础上增加电气式四轮驱动系统（E-Four）的 THS Ⅱ +E-Four 等，其基本原理非常相似。故此处以 THS 和 THS Ⅱ 为例对单桥驱动式全面混合型混合动力乘用车的结构特点和工作原理给予说明。THS Ⅱ 下线时间为 2003 年 8 月（2005 年 12 月在中国长春下线）。

丰田 THS（Toyota Hybrid System）系统是典型的混联式混合动力系统，至今已发展到第二代。最早被用于 1997 年 10 月发布的第一代普锐斯上。THS Ⅱ 的主要总成全部由丰田汽车公司自主开发。通过对电源系统、驱动电机、发电机、电池组等的革新，全面提升了系统性能。系统构成包括：两个动力源（采用高膨胀比循环的高效汽油发动机和输出功率提升至 1.5 倍的永磁交流同步电动机）及其驱动电机、发电机、内置动力分离装置的混合动力用变速器、混合动力用高性能镍氢电池组、动力控制总成。丰田普锐斯主要部件如图 2-57 所示。

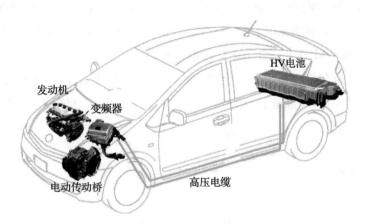

图 2-57　丰田普锐斯主要部件

THS Ⅱ 的主要组成如图 2-58 所示，主要由发动机（汽油机）、发电机、电动机、动力蓄电池、逆变器等 18 个部件组成。为了便于了解装备 THS Ⅱ 的混合动力汽车的各组成之间的相互关系及工作原理，图 2-58 中也同时给出了系统的燃料、电力、动力（机械力）和热量的传递路线。当汽车处于不同的工作模式时，系统中参与工作的部件数量不同，其燃料、电力、动力和热量的传递路线也不同。

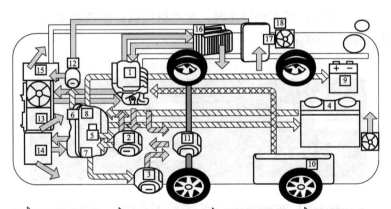

图 2-58　THS Ⅱ 的主要组成

1—发动机（汽油机）　2—发电机　3—电动机　4—高压电池　5—驱动电池用逆变器　6—空调用逆变器
7—升压电路　8—12V 充电用 DC/DC　9—辅机用电源　10—汽油箱　11—差速器　12—空气压缩机电机
13—发动机用冷却器　14—逆变器用冷却器　15—冷凝器（制冷剂用）
16—散热器　17—蒸发器　18—空调单元

①第二代丰田混合动力系统。THS Ⅱ（第二代丰田混合动力系统）使用发动机和电动机（MG2）提供的两种动力，并使用 MG1 作为发电机。系统根据各种车辆行驶状况

优化组合这两种动力。

HEV ECU 始终监视 SOC、蓄电池温度、水温和电载荷状况。在 READY 指示灯亮，车辆处于"P"档或车辆倒车时，如果监视项目符合条件，HEV ECU 发出指令，起动发动机，驱动发电机（MG1），并为 HV 蓄电池充电。

图 2-59 所示为车辆行驶状况。图 2-59 中 A 表示仪表板上"READY"灯亮；B 表示启动；C 表示发动机微加速；D 表示小负荷巡航；E 表示节气门全开加速；F 表示减速行驶；G 表示倒车。

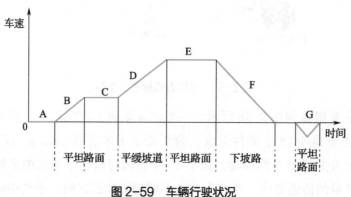

图 2-59　车辆行驶状况

②第二代丰田混合动力系统行驶方法。车辆只有在"READY"灯点亮时，才可行驶；为了改善燃油经济性，当车辆停止时，发动机停机；车辆起动后，发动机的起动由系统自动控制，如图 2-60 所示。

图 2-60　车辆只有在"READY"灯点亮时，才可行驶

③ THS Ⅱ 系统操作优点。第二代丰田混合动力系统最大的优点是在同一个系统中，同时使用了并联和串联系统，如图 2-61 所示。

普锐斯作为世界首款量产的混合动力汽车，它改变了人们基于传统汽车的评判标准。通过丰田油电混合动力系统将汽油发动机与电动机进行组合，在达成高水平的燃油经济性和环保性能的前提下，实现了出色的动力性，并创造了舒畅的驾驶乐趣和良好的静谧性。在城市工况下，排量为 1.5L 的普锐斯达到了相当于 2.0L 传统车型的动力性能；而油耗仅相当于 1.0L 的传统车型。

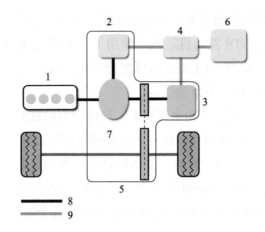

图 2-61 THS Ⅱ 并联和串联系统

1—发动机 2—发电机（MG1） 3—电动机（MG2） 4—变频器
5—驱动桥 6—高压电池 7—行星齿轮组
8—机械传动路线 9—电力传动路线

4. 德国奥迪公司 Q5 混合动力汽车系统简介

德国奥迪公司在混合动力技术方面已经有 20 多年经验了。奥迪公司早在 1989 年就推出了第一代奥迪 duo 混合动力轿车，该车是以奥迪 100 Avant C3 车为基础开发而来的。该奥迪 duo 混合动力轿车用一台五缸汽油发动机驱动前轮，用一台 9kW 可切换电机驱动后轮，使用镍镉蓄电池来储存电能。

两年以后，又推出了另一款奥迪 duo 混合动力轿车，它是以奥迪 100 Avant quattro C4 车为基础开发而来的。在 1997 年，奥迪公司成为首家小批量生产完全混合动力汽车的欧洲汽车生产商，该款奥迪 duo 混合动力轿车是以 A4 Avant B5 车为基础开发而来的。该车使用一台 66kW 的 1.9L TDI 发动机和一台水冷式 21kW 电机来提供动力，使用安装在车后部的铅–凝胶蓄电池来提供电能。这两种动力装置都是驱动前轮的。

与前面提到的两例研究成果一样，量产的奥迪 duo 混合动力轿车也是采用这种具有前瞻性的插电式设计，其蓄电池可以连接在插座上来充电。另外，其电机在车辆减速时可以回收能量。在电动模式时，奥迪 duo 混合动力轿车的最高车速可达 80km/h；要是以 TDI 发动机作为动力，其最高车速可达 170km/h。这种设计理念是非常超前的。

奥迪在开发混合动力技术的同时，也开发了单独依靠电力即可长途行车的一系列轿车 e-tron，这些车也都采用了这种插电式混合动力技术。奥迪 A1 e-tron 干脆就是纯电动汽车了，该车在增程发动机和动力前轮之间根本就没有任何机械连接。

因此，奥迪 A1 e-tron 是为在人口密集的市区使用而设计的。奥迪 Q5 hybrid quattro（奥迪 Q5 混合动力四驱车）是奥迪公司第一款高级 SUV 级的完全混合动力车。在经历了三代奥迪 duo 混合动力轿车后，奥迪 Q5 hybrid quattro 是第一款采用两种动力形式

的混合动力车型（这种混合动力是一种最新的高效并联式混合动力技术），其动力像V6发动机，油耗像四缸TDI发动机。该车使用155kW的2.0L TFSI发动机，该发动机以智能而灵活的方式与40kW的水冷式电机配合工作，可以让用户享受到运动型的行驶性能。该电机由小巧的锂离子蓄电池供电。

奥迪Q5 hybrid quattro（混合动力四驱车）与使用内燃机的奥迪Q5车相比，除了在车型铭牌上有混合动力字母标识外，还有下述不同的特征之处：组合仪表上带有功率表和Hybrid这个字符，如图2-62所示；发动机舱内的装饰盖板上有Hybrid这个字符，如图2-63所示；翼子板上有Hybrid这个字符，如图2-64所示；MMI-系统上有Hybrid这个显示内容，如图2-65所示；行李舱盖上有Hybrid这个字符，如图2-66所示。

图2-62　奥迪Q5混合动力四驱车组合仪表上带有功率表和Hybrid这个字符

图2-63　奥迪Q5混合动力四驱车发动机舱内的装饰盖板上有Hybrid这个字符

图 2-64　奥迪 Q5 混合动力四驱车翼子板上有 Hybrid 这个字符

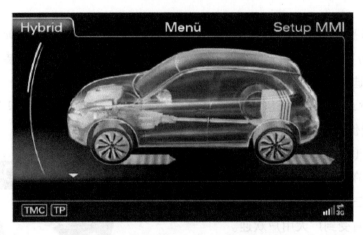

图 2-65　奥迪 Q5 混合动力四驱车 MMI- 系统上有 Hybrid 这个字符

图 2-66　奥迪 Q5 混合动力四驱车行李舱盖上有 Hybrid 这个字符

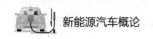

5. 比亚迪 e6 纯电动汽车、比亚迪秦混合动力汽车

比亚迪 e6（见图 2-67），是比亚迪自主研发的一款纯电动跨界车，它兼容了 SUV 和 MPV 的设计理念，是一款性能良好的跨界车。

e6 最大的亮点是采用电力驱动，其动力蓄电池和起动电池均采用比亚迪自主研发生产的 ET-POWER 铁电池，不会对环境造成任何危害，其含有的所有化学物质均可在自然界中被环境以无害的方式分解吸收，能够很好地解决二次回收等环保问题，是绿色环保的电池。铁电池

图 2-67　比亚迪 e6 纯电动汽车

经过高温、高压、撞击等试验测试，安全性能非常好，短路爆炸概率小。在能量补充方面，e6 可使用 220V 民用电源慢充，快充为 3C 充电，15min 可充电 80%。纯电动汽车 e6 已通过国家强制碰撞试验，比亚迪还做了大量测试，包括 8 万 ~10 万 km 道路耐久试验，以及在软件控制等方面都有了很大的改进。e6 于 2011 年 10 月在我国上市，售价约为 30 万。

比亚迪 e6 整体时尚大气。其车身尺寸为 4554mm × 1822mm × 1630mm，轴距达到 2830mm，较为宽大的车身内部仅设五座，人均空间十分宽敞。虽然装载能力十分强大，但是比亚迪 e6 将庞大的电池系统放到了行李舱及后座下方。

比亚迪 e6 最高车速可达 160km/h，百公里能耗约为 20kW·h，只相当于燃油车 1/4~1/3 的消费价格。e6 续驶里程超过 300km，为同类车型之冠。

比亚迪秦（见图 2-68）是比亚迪公司自主研发的 DM 二代（在纯电动和混合动力两种模式间进行切换）高性能三厢轿车。比亚迪秦自 2012 年北京车展推出后，一直受到广大用户欢迎。

动力方面，比亚迪秦双冠版依旧采用的是第二代 DM 双模混动技术，相比第一代 DM 双模混动技术，比亚迪第二代 DM 双模混动系统主要通过换装

图 2-68　比亚迪秦混合动力汽车

更加高效强劲的 TID 总成、高转速电机、集成式电机控制器、更安全的铁电池等实现了更强的动力性能和更优的经济性能。

秦双冠版搭载一台 1.5T 发动机和电动机组成的插电式混动系统，其综合最大输出功率为 217kW，峰值转矩为 479N·m。电池组的容量为 13kW·h，在纯电动状态下的最大续驶里程为 70km。

混合动力模式下 0~100km/h 加速时间仅为 5.9s，最高时速可达 185km，百公里综合油耗仅 2L。秦在纯电状态下可连续行驶 70km，满足日常代步需求，长途旅行电量耗完

后也可用 1.5TID 动力总成单独驱动，突破了新能源汽车续驶不足的瓶颈。

6. 荣威 E50 纯电动汽车

荣威 E50 纯电动汽车（见图 2-69），由上汽集团历时 3 年自主研发。荣威 E50 纯电动汽车搭载了高性能的电驱动力及电控系统，其中包括磷酸铁锂高压电池系统、完全自主研发的永磁同步驱动电机、整车热管理系统、电动助力转向系统、电机控制器、车载高压充电器、电动空调压缩机、制动能量回收控制器等具有高技术含量的核心部件。

图 2-69　荣威 E50 纯电动汽车

荣威 E50 纯电动汽车的最大续驶里程达到 180km，0~50km/h 加速时间为 5.3s，百公里加速时间为 14.6s。该电池总能量为 18kW·h 时，具有快充和慢充两种充电模式，一次充电后，荣威 E50 在城市工况下的续驶里程在 120km 以上。

荣威 E50 的充电方式有慢充和快充两种。慢充：充电接口的结构采用国家标准，可以直接采用 220V 16A 普通家用电源插座进行充电，也可以采用充电桩对车辆进行充电。快充：充电口的设计满足额定电流为 180A 充电能力，符合国家标准的尺寸、物理结构等方面的要求，可在 30min 内将电池充 80%。

荣威 E50 是国内第一个使用电子驻车制动器的微型汽车，配载的人性化 SMART HOLD 电子驻车制动器，具备自动释放、熄火拔出钥匙后可自动驻车、坡道辅助起步等功能；在行车制动器失灵时可作为紧急制动使用，避免抱死滑移，从而提升行车安全。

荣威 E50 配置智能车内人机交互系统。全彩、高分辨率、全集成式多功能触摸屏，提供细腻的画面质量，娱乐、空调等都实现全触摸控制。潮流必备的一体式触摸娱乐系统，随车装备 AUXIN、USB、SD 等潮流接口，支持视频、音频、电子书等设备的便捷读取。

7. 北汽新能源纯电动汽车

北京新能源汽车股份有限公司（以下简称"北汽新能源"）是由世界 500 强企业北京汽车集团有限公司发起并控股，联合北京工业发展投资管理有限公司、北京国有资本经营管理中心、北京电子控股有限责任公司共同设立的新能源汽车产业发展平台，是目前国内纯电动汽车市场占有率最大、规模最大、产业链最完整的新能源汽车企业。目前，北汽新能源已形成辐射全国的产业布局，并与美国 ATIEVA、德国西门子、韩国 SK 等著名企业开展了成功的合作，大大增强了技术实力和研发实力。截至目前，主要推出的车型有 E150EV、绅宝 EV、EV160、EV200、EU260、ES210 等。

北汽 E150EV（见图 2-70），是吸取了国际前沿的"科技、品质、安全、环保"的造车理念，融汇多年成熟经验，集成国际资源打造的一款精品自主 A0 级轿车。

图 2-70　北汽 E150EV 新能源汽车

北汽 E150EV 定位追求技术潮流的个人用户，纯电动轿车，能耗低、节能效果显著，最高时速 120km，续驶里程 150~200km。拥有新功能主义的设计风格、科技智能化前瞻配置、硬朗与舒适并存的底盘调校、先进而丰富的娱乐系统、跃级空间享受、博世 ABS+EBD9.0 系统以及五星安全保障。

北汽 EV160（见图 2-71），是北汽新能源于 2015 年 3 月推出的一款纯电动汽车，是一款售价亲民、适合城区普通家庭使用的精品自主 AO 级轿车。

图 2-71　北汽 EV160 新能源汽车

作为 E150EV 的垂直换代车型，EV160 轻快版在外观内饰、续驶里程及科技化配置等方面得到了全方位系统化升级，综合品质得到大幅提升。选用普莱德磷酸铁锂电池，电池蓄电量为 25.6kW·h，综合工况下续驶里程超过 160km，经济时速下，续驶里程可达 200km。搭载北汽自主研发的高性能轻量化永磁同步电动机，最大功率 53kW，0~50km/h 加速时间仅为 5.3s，最高车速为 125km/h，性能全面匹敌 2.0 排量传统燃油发动机，与传统燃油车体验无异。车载中央信息系统娱乐功能丰富，拥有大屏液晶显示器，集合娱乐、导航、蓝牙、互联等功能于一身，车载 GPS 采用凯立德车载导航系统。

北汽 EV200（见图 2-72），是北汽新能源于 2014 年年底推出的一款纯电动汽车，是一款集动感时尚、超强性能、科技配置、贴身安全、健康环保五大亮点为一体的精品自主 AO 级轿车。

图 2-72　北汽 EV200 新能源汽车

北汽 EV200 具有动感时尚、超强性能、科技配置、全面安全、绿色环保等特点，综合路况下续驶可超 200km，经济时速下续驶里程可达 260km。即使是在北京这样的超大城市，该续驶能力也完全能满足任何日常出行。该款车型已于 2015 年 3 月 20 日上市，上市短短半年时间，便在业界赢得良好口碑，因销售火爆，一度被媒体称为"一车难求"。

项目三　混合动力汽车

任务1　混合动力汽车的类型与典型混合动力汽车

学习目标

1. 能够描述混合动力汽车的定义。
2. 能够描述混合动力汽车的基本原理。
3. 能够描述混合动力汽车的类型及分类方法。
4. 能够描述当前市场上典型混合动力汽车的技术特点。

职业素养要求

1. 严格执行汽车检修规范，养成严谨科学的工作态度。
2. 养成总结训练结果的习惯，为下次训练积累经验。
3. 养成团结协作的精神。
4. 严格执行 5S 现场管理。

⚙ 任务与思考

1. 请查阅资料总结混合动力汽车的定义。

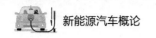

2. 请查阅资料简述混合动力汽车具有哪些特点。

 **知识学习**

一、混合动力汽车的定义

混合动力汽车的 Hybrid 这个词来源于拉丁语 Hybrida，意思是混合。在技术层面，Hybrid 这个词是指一种系统，该系统将两种不同的技术组合在一起来使用。我们常说的混合动力汽车通常是指油电类型混合动力汽车（Hybrid Electric Vehicle，HEV)，即为内燃机与动力蓄电池、电机的驱动混合。

国际电子技术委员会对混合动力汽车的定义为：在特定的工作条件下，可以从两种或两种以上的能量存储器、能量源或能量转化器中获取驱动能量的汽车，其中至少一种存储器或转化器要安装在汽车上。

混合动力汽车介于传统内燃机汽车与纯电动汽车之间，是两种动力汽车的中间产物。如图 3-1 所示，与纯电动汽车相比，混合动力汽车上配置有内燃机；与传统汽车相比，混合动力汽车上又增加了动力蓄电池和电机。但是，混合动力汽车中的动力驱动单元完美地将内燃机的动力与电机的动力结合在一起。

图 3-1 混合动力汽车关系示意图

从广义上来讲，混合动力汽车指的是装备有两种具有不同特点驱动装置的车辆。图 3-2 所示的两个驱动装置中有一个是车辆的主要动力来源，它能够提供稳定的动力输出，满足汽车稳定行驶的动力需求。由于内燃机在汽车上的成功应用，使之成为首选的驱动装置，另外还有一个辅助驱动装置，它具有良好的变工况特性，能够进行功率的平衡、能量的再生与存储。

从狭义上讲，混合动力汽车是指同时装备两种动力源的汽车。通过在混合动力汽车上使用电机，使得动力系统可以按照整车的实际运行工况要求灵活调控，而内燃机保持在综合性能最佳的区域内工作，从而降低油耗与排放。也可以认为混合动力汽车通常是指既有车载动力蓄电池提供电力驱动，又装有一个相对小型内燃机的汽车。

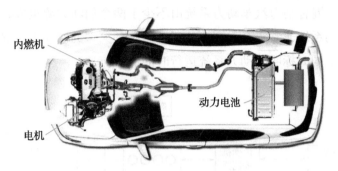

图 3-2　混合动力汽车动力源

二、混合动力系统概述

混合动力系统是指由两个或两个以上不同工作原理的动力源组成，可以将不同动力源组合在一起用于驱动汽车的系统。混合动力汽车的目的是利用各个动力源的各自长处，弥补单一动力源所无法达到的经济性和续驶里程等指标要求。图 3-3 所示的新能源

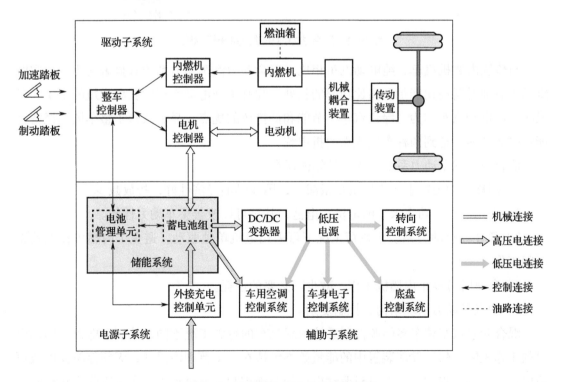

图 3-3　混合动力汽车动力系统框图

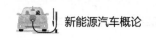

汽车系统将外接充电控制单元去掉就形成了混合动力汽车系统。混合动力汽车动力系统主要由内燃机、内燃机控制器、电动机、电机控制器、整车控制器、传动装置、燃油箱和动力蓄电池组成。

通常情况下，混合动力汽车动力系统由不少于两个的动力源组成，但多于两个动力源的结构将使驱动系统非常复杂。图3-4所示是一种典型的两动力源混合动力汽车动力系统概念图，图中同时标明了动力系统运行时的能量流。

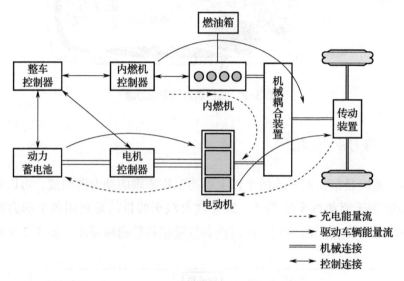

图3-4　混合动力汽车动力系统概念图

与传统内燃机汽车、纯电动汽车相比，混合动力汽车动力系统有显著的优点。它既继承了石油燃料高比能量和高比功率的长处，弥补了纯电动汽车续驶里程短的不足，又发扬了纯电动汽车作为"绿色汽车"节能和低排放的优点，显著改善了整车燃油经济性能和排放性能，达到两种车辆优点的折中统一。

混合动力汽车动力系统的优点具体体现在：

1）同样的动力需求下内燃机排量减小，因而燃油经济性好，排放减少。

2）采用具有高功率水平的电机、电池，甚至可以改善整车动力性能。

3）部分混合动力系统小负荷工况下可采用电机单独驱动，避免了内燃机在低效率区间工作。

4）怠速时可停止内燃机工作，减少不必要的油耗。

5）缺点是动力系统结构及控制复杂。

混合动力汽车整车多能源控制系统根据汽车的行驶工况不同，控制发电机或驱动电机的工作象限，保证储能装置中的能量始终维持在一定范围内浮动，无须停车充电或更换电池。值得一提的是，通过对驱动电机的精确控制，混合动力汽车可吸收汽车行驶中的相当一部分制动能量，以电能的形式储存在动力蓄电池中，实现了能源的直接再生。

三、混合动力汽车的基本原理

混合动力汽车与传统汽车相比，主要的改进是在车辆的驱动系统上，即在传统汽车的内燃机、变速器、传动轴到车轮的驱动线路上，增加了一套由动力蓄电池、电机组成的电动动力驱动线路。图3-5所示是一种混合动力汽车的驱动路线图。

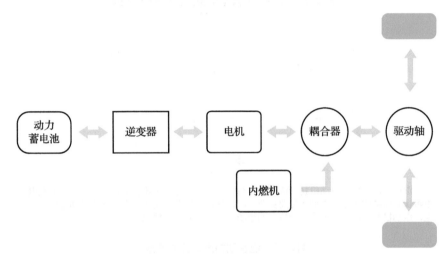

图3-5　混合动力汽车基本驱动路线

在车辆行驶时，根据混合动力汽车设计的混合程度，通常会由动力蓄电池先通过电机输出动力来驱动车辆，当电池储存电能不足时，内燃机再自动起动参与车辆的驱动。也有部分混合动力汽车内燃机是全程起动的，动力蓄电池输出的动力仅仅用于辅助内燃机平滑运行。

四、混合动力汽车的类型及分类方法

为了便于区分形式各异的混合动力汽车，习惯上我们会根据混合动力汽车驱动系统的连接方式或混合程度来对混合动力汽车进行分类，以便于更好地了解混合动力汽车的技术特性。

1. 按混合动力汽车驱动连接方式分类

混合动力汽车的驱动系统主要有内燃机和驱动电机。通常，根据内燃机和驱动电机之间的连接关系（即内燃机的输出动力与驱动电机的输出动力到驱动轴的连接方式），将混合动力汽车分成串联式、并联式和混联式三种类型，如图3-6、图3-7所示。

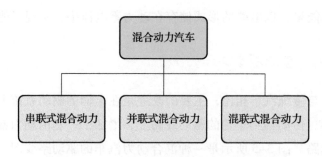

图3-6　混合动力汽车按驱动连接方式分类

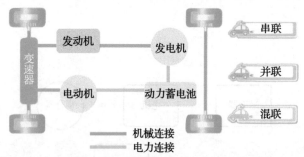

混联在发动机和电动机协同驱动汽车行驶的同时，发动机还能带动发电机为电池充电，不再像并联结构中单一电动机需要身兼二职，并且理论上它能够实现发动机带动发电机发电，电动机驱动汽车的模式。当然，两个动力单元也能够单独驱动车辆。

图3-7　混合动力汽车连接方式

（1）串联式混合动力系统结构　串联式混合动力系统（见图3-8），也称增程式电动汽车动力系统，主要由内燃机、发电机、驱动电机和动力蓄电池等部件组成，该结构的主要特征是驱动电机是驱动车辆的唯一动力源，通过驱动电机控制器将电池中储存的电能和内燃机带动发电机工作产生的电能耦合在一起，最终通过驱动电机驱动车辆。由于内燃机和车轮之间没有机械连接，故能独立于汽车行驶工况对内燃机进行控制和调节能量，内燃机被控制在高效工作区间工作。

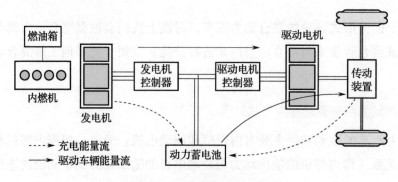

图3-8　串联式混合动力系统

串联式混合动力系统的优势是机械结构简单，控制原理也相对简单。在内燃机工作的时候，由于内燃机不用驱动车辆，使得内燃机可以一直被控制在最佳工况点，可以提高燃油效率，减少废气排放。缺点是能量转换次数多，使得整体效率较低，而且需要采用较大的驱动电机和较高功率的蓄电池，且必须要两套电机系统，这将导致成本上升。串联式混合动力系统的结构特点决定其工作相对比较简单，驱动电机是驱动车辆行驶的唯一动力源，驱动电机工作所需的能量既可以由电池单独提供，也可以通过内燃机带动发电机发电提供，还可以由内燃机–发电机组和电池共同工作给驱动电机提供电能。当车辆处于中／低速巡航、滑行、怠速的工况，车辆对功率需求不大时，如果蓄电池电量比较饱满，则内燃机不需要工作，仅靠蓄电池给驱动电机供电。如果蓄电池电量不足且动力需求不大时，则由内燃机–发电机组共同工作给电池补电，同时供给驱动电机所需电能；用电负荷较大时由内燃机带动发电机发电给驱动电机供电；当车辆处于起动、加速、爬坡工况时，内燃机–发电机组和电池组共同向驱动电机提供电能。当驾驶人踩制动踏板时，驱动电机将作为发电机回收制动能量，由于串联式混合动力汽车的驱动电机和电池都比较大，所以可以回收较多的制动能量。串联式混合动力系统主要有如下四种工况：纯电机驱动、串联、怠速充电和制动能量回收。

在串联式混合动力设计中，车辆的驱动仅仅是由驱动电机来单独完成的，车辆动力蓄电池的电能来自内燃机。

串联式混合动力车辆运行时，内燃机带动发电机工作，发电机输出的电能通过逆变器提供给驱动电机来驱动车辆，或者为车辆动力蓄电池充电。在该类型的设计中，内燃机是不能直接给车辆提供动力的，其主要应用于城市大型客车，在乘用车中应用很少。串联式混合动力汽车连接方式如图 3-9 所示，驱动组件如图 3-10 所示。

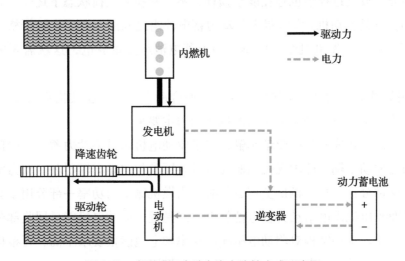

图 3-9　串联式混合动力汽车连接方式示意图

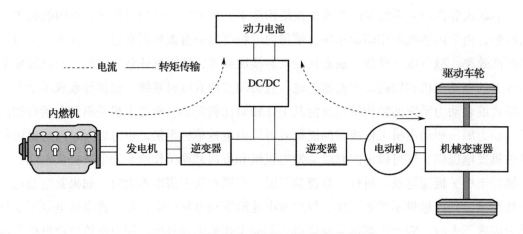

图 3-10　典型串联式混合动力汽车驱动组件

串联式混合动力汽车的特点如下：

1）优点：串联式混合动力汽车的主要优点是在城市行驶时，可只用动力蓄电池组电能驱动，能实现"零污染"行驶；发动机/发电机组的发动机能够保持在稳定、高效、低污染的状态下运转，将有害气体控制在最低范围。

2）缺点：一是驱动电机等的选择难度大，为了能够克服汽车在行驶过程中的最大阻力，驱动电机的功率要求较大，外形尺寸较大，质量也较大，动力蓄电池组的容量要求大，需要装置一个较大的发动机/发电机组；二是适用车型少，庞大的动力蓄电池组，外形尺寸较大，质量也较大，较适合在大型客车上采用，在中、小型车上布置有一定的困难；三是由发动机燃料的化学能转换为机械能必须先转换为电能，即必须经过燃料的化学能→热能→电能→机械能的能量转换过程，因而能量损失较大；四是，在动力蓄电池组的充、放电过程中也存在能量损耗，不经常在满负荷状态下运转，总的能量转换效率较小；五是发动机/发电机组与动力蓄电池组之间的匹配要求较严格，应能自动起动或关闭发动机/发电机组，以避免动力蓄电池组过量放电，这就需要更大的电池容量。

（2）并联式混合动力系统结构　并联式混合动力系统典型结构形式之一如图 3-11 所示。该结构的主要特征是驱动车辆的机械动力主要来自两部分，一是由内燃机通过燃烧燃油将化学能转化成机械能驱动车辆；二是驱动电机通过将动力蓄电池中储存的电能转换成机械能驱动车辆，即内燃机和驱动电机共同参与驱动车辆行驶。动力蓄电池中的电能来源有两部分：一是车辆低负荷运行时，内燃机输出的功率一部分用于驱动车辆，一部分用于驱动电机发电给动力蓄电池补电；二是通过驱动电机能量回收部分电能储存到动力蓄电池中。这种结构对驱动电机输出功率和电池能量要求不高，可根据内燃机和传动装置选择相应的驱动电机和蓄电池，可供选择资源较多。

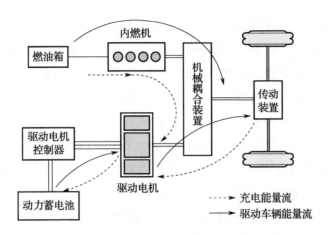

图 3-11　并联式混合动力系统典型结构形式

　　并联式混合动力系统与串联式混合动力系统相比，能量转换次数少，故系统效率较高。通常情况下，并联式混合动力系统只需要一台功率较小的电机和动力蓄电池就可以了，但并联式混合动力系统结构复杂，这就需要一套严密的控制策略和复杂的控制系统来对其进行控制。

　　在车辆起步及小负荷工况下，由电动机提供的驱动力可以满足车辆行驶要求，内燃机不需要工作。当动力蓄电池电量低于某一个阈值（不同的电池，阈值有所不同）时，内燃机由电机（非传统起动电机）起动开始工作并作为车辆主要动力源。当车辆加速或爬坡时，电动机和内燃机能够同时向传动机构提供动力，提供可与传统内燃机汽车相当的起步性能。一旦对驱动车辆的动力需求不大时，车辆将根据电池电量和内燃机的工作效率选择电动机单独驱动车辆，或者内燃机单独驱动车辆，或者二者共同驱动车辆，例如在高速巡航时单独使用汽油内燃机；而在低速行驶时，可以单靠电动机驱动，不用汽油内燃机辅助。如果电池电量偏低时，电动机将作为发电机发电为电池补充电能，即电动机既可以作电动机又可以作发电机使用，所以也称为电动 – 发电机组，电动机将根据内燃机的工况和效率特性选择最优的发电时机，从而提高系统能量使用效率。

　　并联式混合动力汽车通常采用能够满足汽车巡航需要的较小内燃机，依靠电动机或其他辅助装置提供加速与爬坡所需的附加动力。其结果是提高了总体效率，同时并未牺牲动力性能。

　　在传统内燃机汽车中，当驾驶人踩制动踏板时，车辆动能通过摩擦片转换成热量白白浪费掉了。而混合动力汽车却能部分回收这些能量——主要是根据电机和电池的大小，以及制动力分配决定回收能量的多少，这部分回收的能量将被暂时储存起来供加速时或辅助电源使用。

　　由于电动机和蓄电池组的存在，可以充分利用内燃机的最优工作区间，使内燃机工作在一个相对高效的工况，使排放和燃油经济性得到改善。并联式混合动力系统主要有如下五种运行模式：纯内燃机驱动、行车充电、电机助力、怠速充电和能量回收。

在并联式混合动力设计中，车辆的驱动是由内燃机和驱动电机组合完成的，系统能支持仅靠其中的一种能量驱动车辆，也能支持内燃机和驱动电机同时驱动车辆。在这种设计中，动力蓄电池和内燃机都是与变速单元相连接的。

在驱动车辆行驶时，大多数情况下，并联式混合动力汽车的驱动电机是辅助内燃机运行的。并联式混合动力汽车可以在比较复杂的工况下使用，应用范围比较广，连接方式如图 3-12 所示，驱动组件如图 3-13 所示。并联式混合动力的特点如下：

1）内燃机和驱动电机共同驱动车辆行驶。

2）没有单独设计发电机，在没有外部充电或辅助电源的情况下，动力蓄电池获取电能的唯一途径是驱动电机的能量回收。

3）优点是采用了一个或多个电机辅助内燃机，使得内燃机的设计可以更小。

4）缺点是需要用复杂的软件来优化驱动电机和内燃机同时输出至驱动轴的转矩。

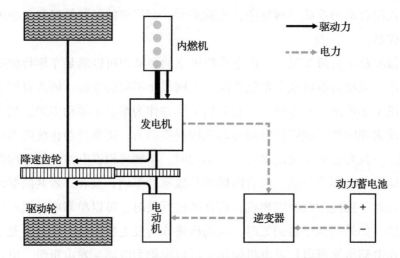

图 3-12　并联式混合动力汽车连接方式示意图

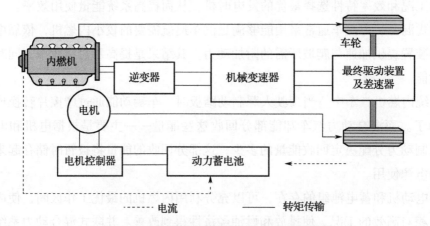

图 3-13　典型并联式混合动力汽车驱动组件

（3）**混联式混合动力系统结构**　混联式混合动力系统是一种特殊的混合动力系统，也称为动力分流系统。其中丰田普锐斯混合动力系统就是混联式混合动力系统结构的典型例子，其系统结构如图 3-14 所示。该混联式混合动力系统主要由内燃机、电机1、电机 2、电机控制器、动力蓄电池和单排行星齿轮机构等部件组成。该混联式混合动力系统最大的特点是用一个机械行星齿轮机构将两台电机和一台内燃机耦合在一起。单行星排结构可以实现无级变速器功能，使整个系统效率较高，特别是在城市循环工况。该系统的最大弱点就是其恒定的转矩分配导致在高速巡航运行时系统效率较低。

混联式混合动力也称为串并联式，因为它是集合了串联式和并联式的优点而设计的，它可以最大限度地发挥串联式与并联式的各自优点，如果车辆在行驶，系统可以通过动力分配装置一方面由驱动电机单独驱动车辆，另一方面再由内燃机来自主地发电。目前市场上合资品牌的混合动力汽车大多数采用这种设计类型，连接方式如图 3-15 所示。

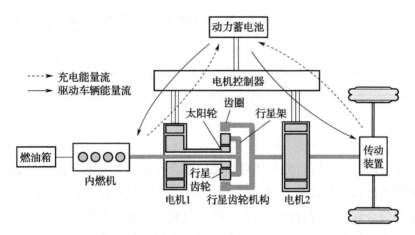

图 3-14　丰田普锐斯混联式混合动力系统

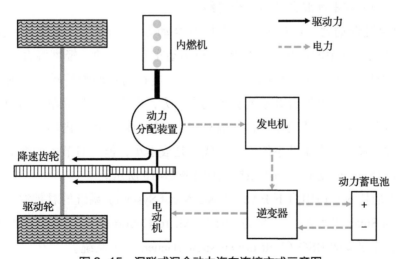

图 3-15　混联式混合动力汽车连接方式示意图

混联式混合动力的特点如下：

1）系统可以实现驱动电机单独驱动车辆，内燃机自动停机或起动为系统充电；也可以实现内燃机和驱动电机共同驱动车辆。

2）动力分配装置内部设计和管理系统较为复杂，需要较高的技术积累和研发投入。

（4）**串联式、并联式和混联式混合动力系统的性能比较** 从能源转换效率和汽车的行驶性能对串联式、并联式和混联式混合动力系统进行比较的话，混联式混合动力系统的性能明显好于串联式、并联式系统。串联式、并联式和混联式混合动力系统的性能比较的定性结果见表 3-1。

表 3-1　串联式、并联式和混联式混合动力系统的性能比较

连接方式	经济性				运行性能	
	自动停止怠速	能量回收	高效率运行控制	总效率	加速性	高功率持续性
串联式	○	◎	○	○	△	△
并联式	○	○	△	○	○	△
混联式	◎	◎	◎	◎	○	○

注：由差到好的顺序为 △→○→◎

2. 按混合动力汽车的混合程度分类

对现有混合动力汽车进行分类还可以使用混合程度这个概念，这是目前市场销售中常用的习惯分类方式。但是到目前为止，并没有一个准确的混合程度标准。当前，大多数学者会采用混合程度是混合动力汽车中驱动电机的有效功率占车辆驱动系统总功率的百分比这个概念，按照这个混合程度概念可以将市场上的混合动力汽车分为轻度混合动力、中度混合动力和重度混合动力三个等级。

（1）**轻度混合动力** 也称轻混，轻度混合动力的车辆混合程度低，没有内燃机的帮助，设计在车辆中的电机是不能够单独驱动车辆行驶的。轻度混合动力一般采用 36V、42V 电池组，并搭载一个低功率的起动/发电机通过曲轴传动带来辅助内燃机。从严格意义上来说，轻度混合并不能算是混合动力，因为车辆只靠单一的内燃机动力行驶，其电池输出能量只起辅助作用，一般只用于车辆自动起停、内燃机起动平滑辅助和制动能量回收。轻度混合驱动系统设计的优点是成本小，但同时节省的燃油也少，一般只能省油 8%~15%。轻度混合动力系统结构如图 3-16 所示。

典型代表的技术有通用旗下 BAS（Basic Assist System）系统的君越混合动力、梅赛德斯 – 奔驰为 Smart 开发的一套名为 MHD（Micro Hybrid Drive）的怠速熄火系统，以及奇瑞汽车合作研发的 BSG（Belt-driven Starter/Generator）系统。

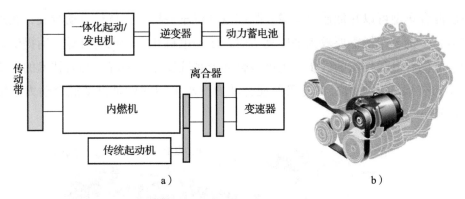

图 3-16　轻度混合动力系统结构

a）连接关系示意图　b）起动 / 发电机安装位置

这种驱动系统的特点是由曲轴传动带驱动的起动 / 发电机取代了传统内燃机的发电机，由这个新型的起动 / 发电机提供车载电力系统的同时，还能快速起动车辆的内燃机。

（2）**中度混合动力**　中度混合动力的车辆一般采用 100V 以上的动力蓄电池，混合度在 30% 左右。与轻度混合动力系统的不同之处在于，中度混合动力系统采用的是高压动力蓄电池和电机。在车辆加速或者大负荷工况时，电机能够辅助内燃机驱动车辆，补充内燃机本身动力输出的不足，提高整车性能。这种系统的混合程度较高，在城市循环工况下节省燃油可达 30%。例如，本田汽车公司旗下的雅阁、思域，以及广汽丰田的雷凌混合动力汽车都属于这类系统，如图 3-17 所示。

这种驱动系统最主要的特点是，汽车行驶不能完全脱离内燃机单独依靠电力驱动。

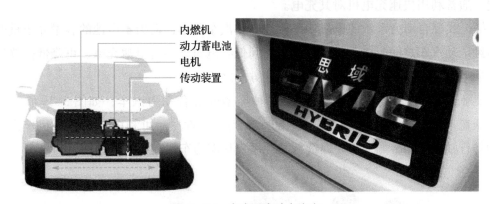

图 3-17　中度混合动力汽车

（3）**重度混合动力**　也称强混，系统通常采用 272~650V 的高压系统，混合度可达 50%，在城市循环工况下节油率可达 50%。其特点是动力系统以内燃机为基础动力，动力蓄电池为辅助动力，采用的电机功率更为强大，完全可以满足车辆在起步和低速时的动力要求。

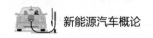

重度混合车型可以在低速时就像一款纯电动汽车一样，支持纯电动行驶；在急加速和爬坡运行工况下车辆需要较大的驱动力时，驱动电机和内燃机同时对车辆提供动力。

随着电机、电池技术的进步，重度混合动力系统逐渐成为混合动力技术的主要发展方向，丰田普锐斯、通用凯雷德双模混合动力汽车采用的就是重度混合动力系统，如图 3-18 所示。

图 3-18　重度混合动力汽车

3. 插电式混合动力汽车

插电式混合动力汽车（Plug-in Hybrid Electric Vehicle，PHEV），是可以通过外部连接的电源进行充电，同时在电池满电的状态下具有一定纯电动行驶能力的混合动力汽车，是重度混合动力车型的一种特殊形态。

插电式混合动力可以采用串联或并联的结构，主要的优势在于纯电动行驶里程较长；电能不足时，车辆仍然可以重度混合模式行驶。一般插电式混合动力汽车都有随车充电器，可以使用 220V 外部电网为电池充电，而插电式混合动力公交车由于行驶路线固定，通常利用快速充电机对其充电。

插电式混合动力系统的电机功率比纯电动汽车稍小，动力蓄电池的容量介于重度混合与纯电动汽车之间。由于具有可利用夜间低谷电对动力蓄电池充电、可降低排放等优势，插电式混合动力汽车已成为主流发展方向之一。

比亚迪秦和雪佛兰沃蓝达都属于这种类型的混合动力汽车，如图 3-19 所示。例如，沃蓝达可以在纯电动模式下行驶 80km，待电量耗尽后可利用 1.4L 内燃机作为驱动力额外行驶 490km。如果想要继续行驶，用户只需为车辆充电或加油即可。

图 3-19　插电式混合动力汽车

任务 2　混合动力汽车技术特点

学习目标

熟悉混合动力汽车的技术特点。

职业素养要求

1. 严格执行汽车检修规范，养成严谨科学的工作态度。

2. 养成总结训练结果的习惯，为下次训练积累经验。

3. 养成团结协作的精神。

4. 严格执行 5S 现场管理。

任务与思考

1. 请查阅资料回答混合动力系统具有哪些自己特有的功能。

2. 请查阅资料简述奥迪 Q5 混合动力汽车的特点。

知识学习

目前，无论是自主品牌还是合资品牌，都陆续推出或正在研发混合动力汽车。本节我们学习混合动力汽车系统功能、典型混合动力汽车车型及技术特点。

一、混合动力汽车系统功能

与传统内燃机汽车动力系统相比，混合动力汽车系统有自己特有的功能。

1. 模式切换功能

在混合动力系统中，为了提高燃油效率及改善加速性能，整车控制器将实时根据动

力系统状态切换系统允许的工作模式，如驻车状态下荷电状态（State of Charge，SOC）不足时起动内燃机进入车辆怠速发电模式，车辆急加速时切换到并联驱动模式，车速较低且 SOC 不足时切换到行车充电模式等。

2. 内燃机起停功能（Start-Stop）

为了实现整车节约燃油、降低排放，当车辆停车时（遇红灯或交通堵塞），如果满足内燃机停机的条件（真空制动助力器有足够的负压、动力蓄电池中的电能足够等），就可以停止内燃机的运转。当驾驶人需要重新起动车辆（如松抬制动踏板或踩加速踏板）或者内燃机停机的条件不再满足时（如空调除霜、SOC 偏低），可以由发电机来重新快速、平稳地起动内燃机。

3. 电机助力（Motor Assist）

在混合动力系统中，当车辆需要急加速时（如驾驶人猛踩加速踏板），可以由电机提供辅助的动力来共同驱动车辆，增加动力性。此处的电机替代了车上的发电机、电动机和起动机。其实每个电动机都可以作为发电机来使用，只要在外部驱动电机轴，电机就会像发电机那样输出电能。但如果是向电机输送电能，那么它就是驱动电机，混合动力汽车上的电机就取代了内燃机上传统的起动机和发电机。图 3-20、图 3-21 所示为电机按使用功能来分类。

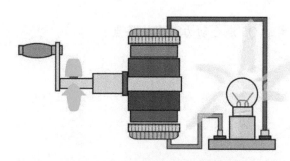

图 3-20　电机作为发电机来使用

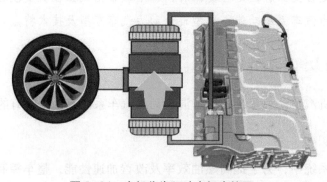

图 3-21　电机作为驱动电机来使用

4.动力蓄电池智能充电控制（Intelligent Charging）

动力蓄电池的充放电管理是指对动力蓄电池的 SOC 进行管理，根据车辆行驶工况和驾驶人需求，合理地控制电机工作于发电（充电）和电动助力（放电）状态，调节内燃机的工作点，使内燃机、动力蓄电池和电机均能在效率较高的区域内运行。同时也让动力蓄电池 SOC 维持在一个合理的水平。下面以奥迪 Q5 混合动力为例来说明动力蓄电池的充放电管理——高压部件之间的能量流。

（1）**靠电能驱动来行车** 高压蓄电池放电，如图 3-22 所示。

在靠电能驱动来行车时，由高压蓄电池来供电。12V 的车载电网由高压蓄电池来供电。

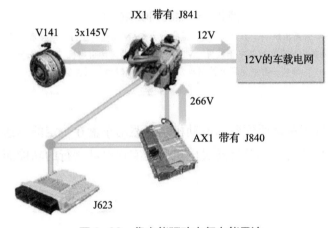

图 3-22 靠电能驱动来行车能量流

————高压线　————混合动力 CAN 总线　AX1—混合动力蓄电池单元
JX1—电驱动装置的功率和控制电子装置　V141—电驱动装置牵引电机　J623—发动机控制单元
J840—蓄电池调节控制单元　J841—电驱动装置控制单元

（2）**能量回收** 给高压蓄电池充电，如图 3-23 所示。

与牵引阶段不同，在减速阶段通过牵引电机以电动方式来实施制动，从而再为高压蓄电池充电。驾驶人刚一松抬加速踏板，一部分能量就得到了回收。在制动过程中，回收的能量也会相应增多。12V 的车载电网由牵引电机来供电。

5.减速断油（Deceleration Fuel Cut Off，DFCO）

在传统内燃机汽车中，当驾驶人松抬加速踏板时，内燃机通过传动机构带动以一定的转速空转，此时内燃机停止供油，然而内燃机受车辆减速拖带影响，当转速下降到一定值时必须立即恢复供油以保证当驾驶人重新加速时，内燃机能立即恢复正常工作。而在混合动力汽车中，由于电机的存在，可以实施更加激进的减速断油策略，以进一步减低油耗。

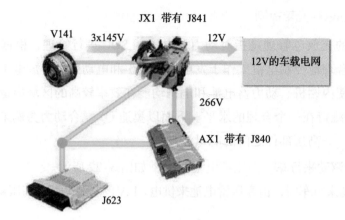

图3-23 能量回收能量流

────────—高压线   ────────—混合动力 CAN 总线   AX1—混合动力蓄电池单元
JX1—电驱动装置的功率和控制电子装置   V141—电驱动装置牵引电机   J623—发动机控制单元
J840—蓄电池调节控制单元   J841—电驱动装置控制单元

6. 纯电动爬行

一些混合动力汽车单靠所配备的电动机足以驱动车辆在一定的车速下行驶，当加速踏板和制动踏板都松抬时，车辆能通过电机驱动实现电动爬行的功能而无须起动内燃机以降低油耗。

7. 驾驶人意图识别

当驾驶人踩加速踏板时，混合动力系统根据加速踏板行程、加速踏板行程变化率和车速计算出驾驶人转矩需求，综合考虑内燃机、电机、电池状态，计算出转矩指令，控制内燃机和电机或单独或同时驱动车辆行驶。

当车辆滑行或制动减速时，整车控制器将停止内燃机的工作，同时配合电子稳定系统（Electronic Stability Program，ESP）控制电机将车辆的一部分动能转化为电能，储存在动力蓄电池中。

图3-24 所示为奥迪 Q5 hybrid 驾驶人意图识别图。电动加速：混合动力驱动有一个电动加速功能，这与内燃机的强制降档功能（可提供发动机最大功率）类似。如果执行了这个电动加速功能，那么电机和内燃机就会发出最大功率（合计总功率很大）。这两种驱动方式各自功率合在一起，就是传动系统的总功率。从技术上来讲，电机内部是有功率损耗的，因此发电机输出功率要

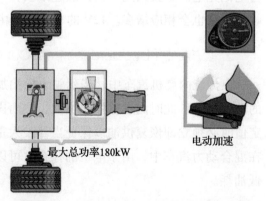

图3-24 奥迪 Q5 hybrid 驾驶人意图识别图

小于其驱动功率。奥迪 Q5 hybrid quattro 的内燃机功率是 155kW，电机作为发电机时是 31kW，电机作为电动机时是 40kW。内燃机和电机作为电动机时共计可产生 180kW 的功率。

8. 智能热管理系统

混合动力汽车在运行时，内燃机、直流 / 直流变换器（DC/DC）、电机控制器、驱动电机、动力蓄电池、电空调压缩机等部件在工作过程中会出现发热现象，冷却系统可以根据这些部件反馈的温度信息，以及当前车速等信号来调节各被冷却部件的温度，确保动力系统工作在合适的温度范围内。

9. 转矩安全监控

转矩监控功能是根据驾驶人请求以及其他输入信号计算相应的监控转矩值，并同时监控实际的内燃机和电机转矩输出，以判定控制系统程序是否正常运行。当监控到上述因素中至少有一种不正常时即采取保护措施，以保证驾驶安全。

10. 低压智能充电控制

一般而言，混合动力汽车为低压蓄电池系统补电的装置是直流 / 直流变换器（DC/DC），该装置是将动力蓄电池的高压电转换成 12 V 低压蓄电池能接受的低压电供给整车的低压电源系统。与大多数传统内燃机汽车不同的是，混合动力汽车的整车控制器将根据车辆低压系统的实时负载情况及低压蓄电池的状态控制直流 / 直流变换器（DC/DC）的工作，从而提高电能的使用效率。

11. 整车上下电管理

该功能是根据驾驶人的需求控制整车混合动力系统的高压系统上 / 下电及系统上 / 下电过程中的故障处理。高压控制的目的是确保高压主接触器仅在安全情况下（无绝缘故障、高压互锁完好、未检测到碰撞等）才闭合。该功能定义了以下五种系统状态：关闭、系统上电、正常、系统下电、故障。

12. 故障诊断

在混合动力汽车工作过程中，混动系统的各主要控制器都将对系统的各种故障进行诊断，如内燃机故障、电机故障、电池故障、高压安全故障、DC/DC 变换器故障、变速器故障等，且根据故障状态确定动力系统的合理响应行为，以保证动力系统合理、安全地运行。

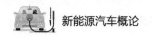

13. 能量回收

能量回收是指在车辆制动阶段或者在超速减速（反拖）阶段，回收这种"免费的"能量并将其暂时储存到车辆蓄电池中。能量回收功能是电能管理不可分割的一部分。

1. 第一代丰田普锐斯

1997年，丰田首先在日本市场上推出了世界上第一款批量生产的混合动力汽车——普锐斯（Prius）。普锐斯混合动力系统由汽油内燃机和电动机组成，采用一种折中的方式弥补了汽油车和纯电动汽车两者之间的缺陷。2000年，普锐斯经过细微的改动之后推向美国市场，随后进入欧洲。第一代丰田普锐斯结构如图3-25所示，混合动力汽车技术参数见表3-2。

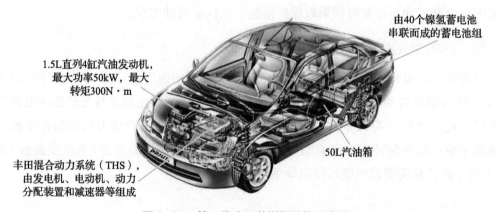

图3-25 第一代丰田普锐斯结构示意图

表3-2 第一代丰田普锐斯混合动力汽车技术参数

动力源	类型	排量／电压／容量	最大功率/kW	最大转矩/N·m
内燃机	直列4缸汽油内燃机	1.5L	120	240
电动机	永磁同步交流电动机	274V	30	165
动力蓄电池	40个镍氢蓄电池串联	6.5A·h	—	—

普锐斯混合动力汽车THS的主要总成电动机、汽油机、逆变器、驱动用电池（Ni-MH）、散热器等在汽车上的布置如图3-26所示。由于HEV一般采用的发动机较同级别的燃油车小，故动力系统总成一般都可以放置于机舱之中，动力蓄电池放置于机舱有一定困难。普锐斯混合动力汽车采用的方法是将动力蓄电池置于后排座椅的后下方。通过不同的发动机、电动机、发电机和电池的组合，可得到不同的混合动力系统。

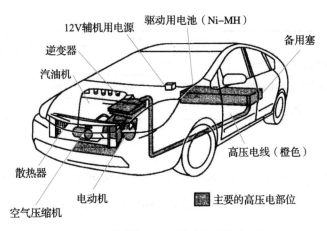

图 3-26 普锐斯 HEV 的动力系统布置图

2. 第二代丰田普锐斯

2003 年 9 月，丰田在日本首先上市了全新第二代普锐斯（2005 年 12 月在中国长春下线），除了外表的改进外，最重要的是引入了第二代丰田混合动力系统 THS Ⅱ。THS Ⅱ 是在 HSD（混合动力协同驱动）的概念下开发出来的，即电动机、内燃机在车辆各种状态中，采用不同的方式协同工作，来适应各种驾驶模式。THS Ⅱ 与 THS 基本理论相同，不过使用的电动机在同类电动机中性能较高。另外，为了更好地进行能源消耗管理，THS Ⅱ 使用一种新型的线路和制动能量回收系统，与高效的蓄电池组合，可以在制动的时候更好地对制动能量进行回收。

THS Ⅱ 最大的改进在于使用了高电压线路，内燃机、电动机和蓄电池之间的电压高达 500V，而第一代 THS 的电压只有 274V。第二代丰田普锐斯结构如图 3-27 所示，主要技术参数见表 3-3。

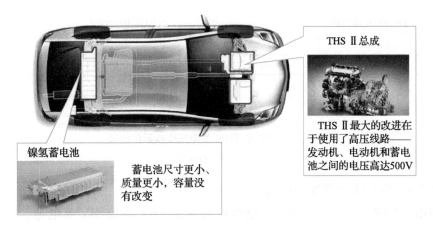

图 3-27 第二代丰田普锐斯结构示意图

表 3-3　第二代丰田普锐斯混合动力汽车技术参数

动力源	类型	排量/电压/容量	最大功率/kW	最大转矩/N·m
内燃机	直列 4 缸汽油内燃机	1.5L	57	115
电动机	永磁同步交流电动机	500V	50	400
动力蓄电池	28 个镍氢电池串联	6.5A·h	−	−

3. 丰田公司生产的 THS（第一代）和 THS Ⅱ（第二代）特点

丰田公司已进行了大量此类工作，并已生产出多种 THS 的改型产品。已经上市的 HEV 装备主要有由 1.5L 和 3.3L 两种汽油机和电力驱动系统组成的混合动力系统，见表 3-4。

表 3-4　丰田公司的主要混合动力系统

系统	THS			THS Ⅱ
车型	Prius			SUV
发动机排量/L	1.5			3.3
上市时间/年	1997	2000	2003	2005
DC 总线电压/V	274		500	650
电动机最大功率/kW	30	33	50	123
电动机最大转矩/N·m	305	350	400	333
电动机最大转速/(r/min)	6000		6700	12400

与 THS 相比，THS Ⅱ的最大特点是采用了升压型功率变换装置，如图 3-28 所示，使系统的直流总线电压大幅度提高，由 THS 的大约 274V（2003 款普锐斯）提高到了 500V 或 650V。

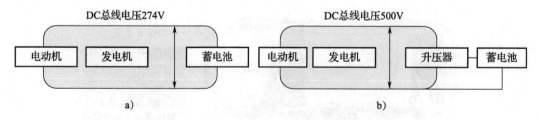

图 3-28　THS 与 THS Ⅱ电压变换系统比较

a）THS　b）THS Ⅱ

（1）THS 和 THS Ⅱ的电池特点

1）THS（2003 款普锐斯）HV 蓄电池：采用 273.6V 直流 HV 蓄电池，如图 3-29 所示。

2）THS Ⅱ（2004 款普锐斯）HV 蓄电池：采用 201.6V 直流 HV 蓄电池以减小质量。

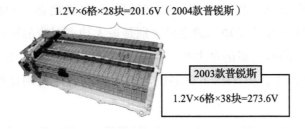

图 3-29 THS（2003 款普锐斯）HV 蓄电池

3）THS Ⅱ升压变换器：升压变换器将 201.6V 直流电变换成 500V 直流电，如图 3-30 所示。

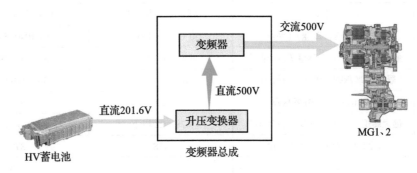

图 3-30 THS Ⅱ升压变换器

（2）THS 的改型产品的特点

THS 的改型产品已被用于装备多种汽车，装备 THS Ⅱ和 THS Ⅱ +E-Four 系统的 HV 主要性能指标比较见表 3-5。

表 3-5 装备 THS Ⅱ和 THS Ⅱ +E-Four 系统的 HV 主要性能指标

车型	普锐斯 HV	Kluger SUV HV
混合动力系统	THS Ⅱ	THS Ⅱ +E-Four
外形尺寸（长 × 宽 × 高）/mm	4445 × 1725 × 1490	4710 × 1725 × 1700
空车质量 /kg	1200	1800
乘坐人数 / 人	5	7
燃油经济性 /（km/L）	35.5	17.8
发动机排量 /L	1.496	3.31
电动机种类	同步交流电动机	同步交流电动机
电池种类	镍氢电池	镍氢电池
日本市场价格 / 万日元	220	380

（3）THS 和 THS Ⅱ混合动力系统的普锐斯 HV 的异同

为了详细了解装备 THS 和 THS Ⅱ混合动力系统的普锐斯 HV 的异同，表 3-6 给出

了两种均装备 1.5L 汽油机的普锐斯 HV 的主要组成镍氢蓄电池、同步交流电动机等的性能参数。THS 和 THS Ⅱ 的发动机的主要区别是最大功率对应的转速分别是 4500r/min 和 5000r/min；THS Ⅱ 的电动机的动力性较 THS 有明显提高；THS Ⅱ 的动力蓄电池的单电池数量和电压有所降低，但 THS Ⅱ 的系统动力性能较 THS 有明显提高。

表 3-6　THS 和 THS Ⅱ 主要参数比较

项目		THS Ⅱ	THS
发动机	种类	1.5L 汽油机	1.5L 汽油机
	最大功率 /kW；转速 / (r/min)	57；5000	53；4500
	最大转矩 /N·m；转速 / (r/min)	115；4200	115；4200
电动机	种类	同步交流电动机	同步交流电动机
	最大功率 /kW；车速 / (r/min)	50 (1200~1540)	33 (1040~5600)
	最大转矩 /N·m；转速 / (r/min)	400 (0~1200)	350 (0~400)
系统	最大功率 /kW；车速 / (r/min)	82；85 以上	74；120 以上
	85km/h 时的功率 /kW	82	65
	最大转矩 /N·m；车速 / (r/min)	478；22 以下	421；11 以下
	22km/h 时的转矩 /N·m	478	378
	电压 /V	500	274
电池	种类	镍氢电池	镍氢电池
	功率 /kW	21	21 (最大 25)
	电压 /V	201.6	273.6
	单电池数量 / 个	168	228

4. 第三代丰田普锐斯

2009 年，丰田推出了全新第三代普锐斯，并于 2010 年全面上市。新一代的普锐斯对混合动力系统进行了改进，主要包括两个方面：一是使用全新的 1.8L 内燃机代替原有的 1.5L 内燃机；二是对 HSD 混合动力协同驱动系统进行重新设计，如图 3-31 所示。

图 3-31　第三代丰田普锐斯

第三代丰田普锐斯搭载阿特金森循环 1.8L 直列 4 缸内燃机，取代第二代的 1.5L 内燃机，最大功率为 73kW，比第二代提高 16kW，转矩达到 142N·m，比第一代增加 27N·m，加上电动机动力整车最大功率为 100kW，低速转矩进一步提升，这也意味着低速时能够获得更好的燃油经济性。0~100km/h 加速时间比第二代提高 1s，仅需 9.8s。

第三代丰田普锐斯提供四种不同的驾驶模式；Normal 为正常模式；EV-Drive 模式允许驾驶人在低速状态下单纯依靠电力行驶约 1.6km；Power 模式提高加速灵敏度，以提升运动性能；Eco 模式则可以帮助驾驶人获得最佳的燃油经济性。

第三代丰田普锐斯结构如图 3-32 所示，主要技术参数见表 3-7。

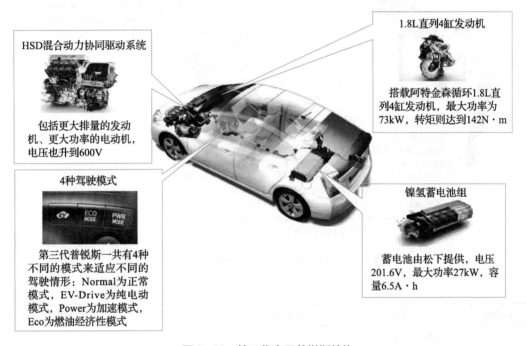

图 3-32　第三代丰田普锐斯结构

表 3-7　第三代丰田普锐斯混合动力汽车主要技术参数

动力源	类型	排量/电压/容量	最大功率/kW	最大转矩/N·m
内燃机	直列 4 缸汽油内燃机	1.8L	73	142
电动机	永磁同步交流电动机	600V	60	207
动力蓄电池	镍氢电池串联	6.5A·h	27	—

5. 第三代插电式丰田普锐斯

第三代插电式丰田普锐斯比起传统的混合动力车将更加能够降低油耗、抑制不可再生资源消耗、减排 CO_2 以及防止大气污染。普锐斯插电型混合动力汽车每升汽油可以行驶 55km，在充满电的情况下，纯电动模式续驶里程为 20km。充电时间：100V 电源

需要 180min，200V 电源需要 100min。

当蓄电池的电量下降至一定程度时，系统就会自动地切换为混合动力模式行驶，在低温时起动以及用户用力踩下加速踏板等情况下，如果系统判断电池提供的功率较低时，就会起动内燃机驱动行驶。

第三代插电式丰田普锐斯汽车结构如图 3-33 所示，主要技术参数见表 3-8。

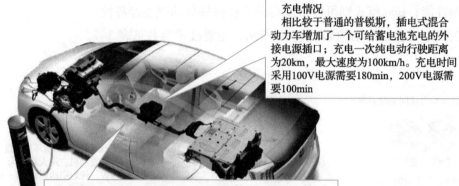

充电情况
相比较于普通的普锐斯，插电式混合动力车增加了一个可给蓄电池充电的外接电源插口；充电一次纯电动行驶距离为20km，最大速度为100km/h。充电时间采用100V电源需要180min，200V电源需要100min

锂离子蓄电池组
普锐斯插电式混合动力车配备的锂离子蓄电池组的外形尺寸为807mm×911mm×378mm，质量为160kg；并联连接3个由96个单元组成的蓄电池组。容量为5.2kW·h，电压为345.6V；蓄电池组上部装有一个降压用DC/DC变换器和3个监控单元。
蓄电池以32个单元为一组，分上下两层排列；冷却方式采用空冷式，3个风扇分别负责3组蓄电池的冷却工作；共设有3处空气吸入口，后部座椅的下方有两处，旁边有一处

图 3-33　第三代插电式丰田普锐斯汽车结构

表 3-8　第三代插电式丰田普锐斯混合动力汽车主要技术参数

动力源	类型	排量／电压／容量	最大功率 /kW	最大转矩 /N·m
内燃机	直列 4 缸汽油内燃机	1.8L	73	142
电动机	永磁同步交流电动机	600V	60	207
动力蓄电池	锂电子电池串联	6.5A·h	—	—

三、奥迪 Q5 混合动力汽车

奥迪 Q5 混合动力汽车具有以下特点：

1）奥迪 Q5 混合动力汽车采用 quattro + 2.0 TFSI hybrid 组合，是 B 级豪华车市场的亮点，采用最新一代的 Hybrid 电动系统（轻量化，紧凑和高效）。

2）锂电池采用未来电动车的先进技术，比市场上其他电池更加高效。

3）纯电动驾驶可行驶 3km，高速行驶平顺。

4）内饰设计的标杆，独特的显示 / 操作概念：能量流动和能耗指示。

5）第一款真正的"quattro hybrid"，演绎纯正的驾驶乐趣。

6）动力性能堪比 6 缸机，排放低于 4 缸柴油机。

7）电动机助推。

8）利用混合动力新技术，完成模块化高效平台的扩展。

9）高性能混合动力设计，保持了奥迪 Q5 的运动车型定位。

10）中型 SUV 级别中第一款高性能混合动力车型。

11）最大幅度降低燃油消耗量和 CO_2 排放量。

12）着重提升电动车驾驶体验。

13）原创的显示概念。

14）不削弱客户效用和日常实用性。

奥迪 Q5 混合动力汽车外饰设计、内饰设计和动力组合分别如图 3-34~ 图 3-36 所示。

图 3-34　奥迪 Q5 混合动力汽车外饰设计图

图 3-35　奥迪 Q5 混合动力汽车内饰设计图

最大功率：155kW
（4300~6000r/min）
最大转矩：350N·m
（1500~4200r/min）

电动机功率：33kW
电动机转矩：211N·m

整个系统功率：180kW
整个系统转矩：480N·m

*瞬间峰值

图 3-36　奥迪 Q5 混合动力汽车动力组合图

四、比亚迪秦混合动力汽车

比亚迪秦是比亚迪股份有限公司自主研发的第二代双模混合动力的高性能轿车，属于重度混合并支持外部电源充电的混合动力汽车。

在动力方面，秦搭载了 1 台 1.5T 内燃机、1 台 6 速 DCT 自动变速器和 1 台高转速电机，并集合自主研发的磷酸铁锂电池，最大输出功率可达 217kW，峰值转矩为 479N·m。电池组的容量设计为 13kW·h，在纯电动状态下的最大续驶里程可达 70km。

秦的驱动系统采用了并联的设计方式，使得即使在电力驱动系统失效的情况下，车辆依靠内燃机的驱动系统仍然能够保持行驶。比亚迪秦的动力驱动系统结构如图 3-37 所示。

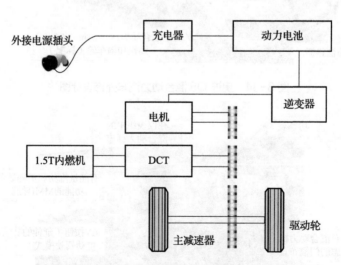

图 3-37　比亚迪秦动力驱动系统结构示意图

任务 3　混合动力汽车结构认知

学习目标

掌握混合动力汽车结构组件的名称。

技能要求

能够在混合动力汽车（HEV、PHEV）上识别出各组件。

职业素养要求

1. 严格执行汽车检修规范，养成严谨科学的工作态度。

2. 养成总结训练结果的习惯，为下次训练积累经验。

3. 养成团结协作的精神。

4. 严格执行 5S 现场管理。

任务与思考

1. 请查阅资料回答丰田普锐斯混合动力系统包括的组件及安装位置。

2. 请查阅资料简述丰田卡罗拉插电混合动力系统的特点。

知识学习

一、油电混合动力汽车（HEV）结构组成

1. 丰田普锐斯混合动力系统组成

丰田普锐斯混合动力系统组成如图 3-38 所示。HEV ECU 根据加速踏板位置传感器发出的信号检测加速踏板上所施加的压力大小。HEV ECU 收到发电机（MG1）和电动

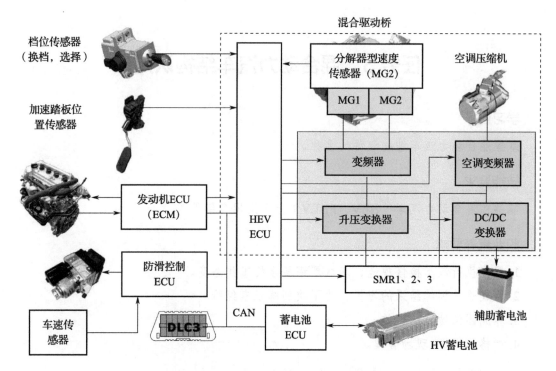

图 3-38 丰田普锐斯混合动力系统组成

机（MG2）中速度传感器（解角传感器）发出的车速信号，并根据档位传感器的信号检测档位。HEV ECU 根据这些信息确定车辆的行驶状态，对发电机（MG1）、电动机（MG2）和发动机的动力进行最优控制。此外，HEV ECU 对转矩输出进行最优控制，以实现低油耗和更清洁的排放等目标。在图 3-38 中，高压系统基本上能以最理想的方式满足驾驶人的需求。为了解驾驶人的意图，加速踏板和变速杆的位置信号输送给高压系统，高压系统不是以程序直接控制而是以下列方式进行控制：①用发动机 ECU 控制汽油发动机；②用防滑控制 ECU 控制制动系统；③用变频器和变换器控制电动机和发电机。高压电从高压蓄电池经过系统主继电器到变频器和变换器，然后直流电变为 MG1 和 MG2 需要的交流电，也转换为空调压缩电机和 EPS 需要的交流电及辅助蓄电池需要的直流电。图 3-39 所示为 HEV 控制系统的组成。

2. 丰田普锐斯混合动力系统组件安装位置

1）丰田普锐斯混合动力系统车身及发动机舱组件如图 3-40 所示。

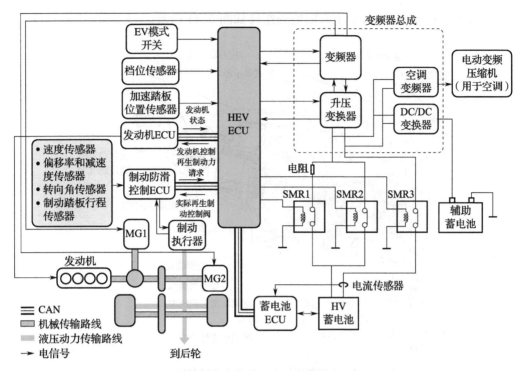

图 3-39 HEV 控制系统的组成

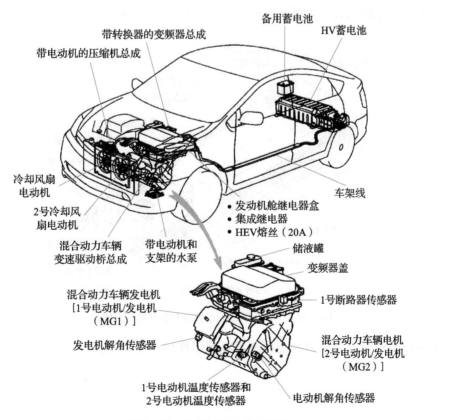

图 3-40 车身及发动机舱组件

2）丰田普锐斯混合动力系统驾驶舱内组件如图 3-41 所示。

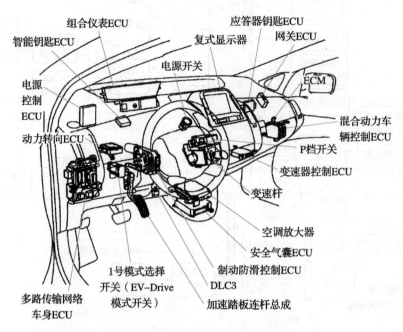

图 3-41　丰田普锐斯混合动力系统驾驶舱内组件

3）丰田普锐斯混合动力系统高压蓄电池如图 3-42 所示。

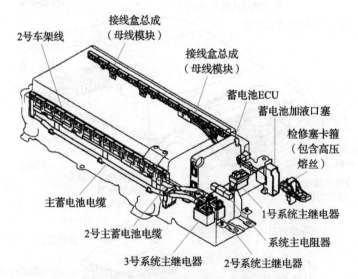

图 3-42　丰田普锐斯混合动力系统高压蓄电池

4）丰田普锐斯混合动力系统高压蓄电池组件如图 3-43 所示。

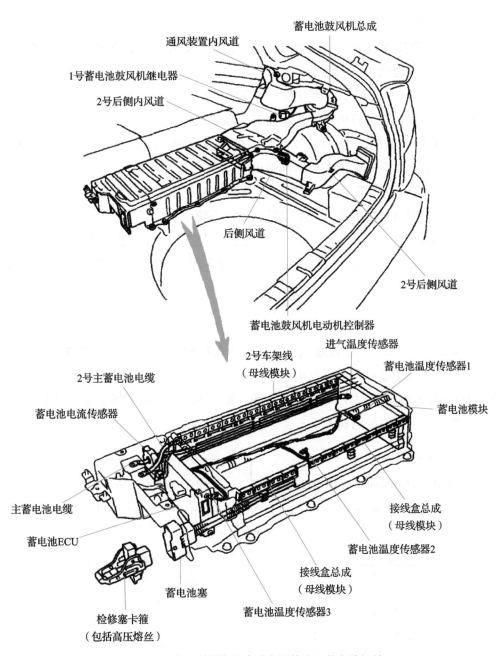

图 3-43 丰田普锐斯混合动力系统高压蓄电池组件

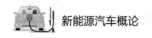

二、插电混合动力汽车（PHEV）结构组成

1. 丰田卡罗拉插电混合动力系统特点

1）丰田卡罗拉混合动力汽车的混合动力系统采用丰田混合动力系统-Ⅱ（THS Ⅱ），体现了"混合动力协同驱动"的理念。

2）混合动力汽车使用2种动力源（如发动机和HV蓄电池）的组合，以利用各动力源提供的优势并弥补各自的劣势，从而实现高效运行。

3）与现有的纯电动汽车不同，混合动力汽车无须使用外部设备对其蓄电池充电。因此，使用混合动力汽车无须专门的基础设施。

4）各领域中动力装置（如发动机或燃料电池）的技术发展都在不断进步。混合动力系统是一种采用高效动力装置和电动机的灵活系统。

5）混合动力汽车具有高压电路。研制混合动力汽车时已对保护驾驶人和维修技师免受电击进行了考虑。提示："混合动力协同驱动"理念有4个重要优势：燃油经济性、低排放、平稳加速和静谧性。

2. 丰田卡罗拉插电混合动力系统组成

图3-44所示为丰田卡罗拉插电混合动力汽车控制ECU总成图；图3-45、图3-46所示为丰田卡罗拉插电混合动力汽车动力控制系统图；图3-47、图3-48、图3-49所示为丰田卡罗拉插电混合动力汽车零件位置图；图3-50、图3-51所示为丰田卡罗拉插电混合动力汽车高压蓄电池结构图。

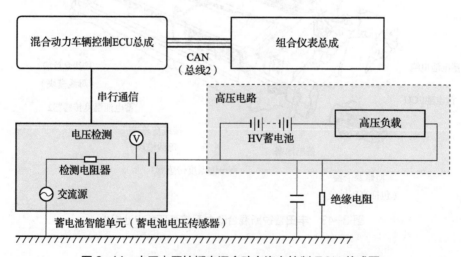

图3-44　丰田卡罗拉插电混合动力汽车控制ECU总成图

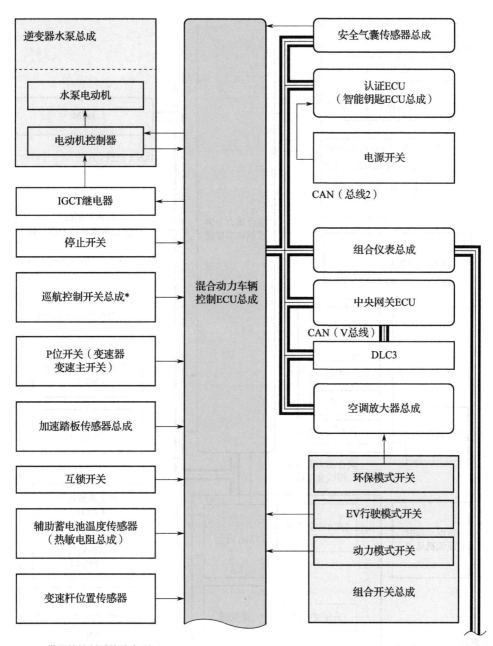

*：带巡航控制系统的车型

图 3-45 丰田卡罗拉插电混合动力汽车动力控制系统图 1

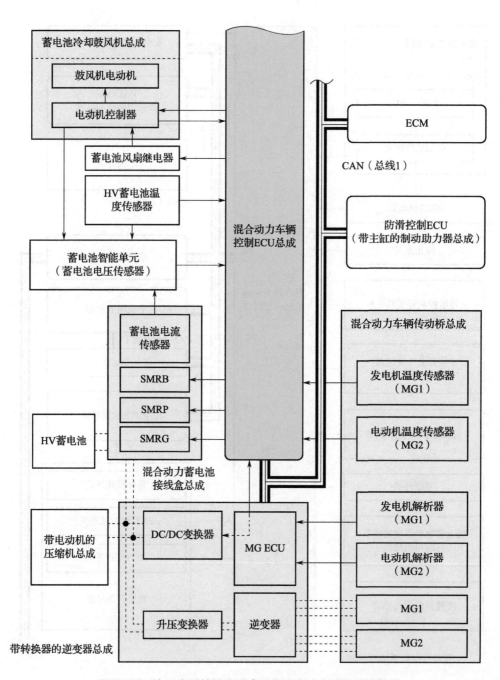

图 3-46 丰田卡罗拉插电混合动力汽车动力控制系统图 2

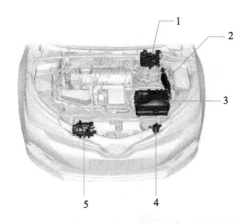

图 3-47　丰田卡罗拉插电混合动力汽车零件位置图 1

1—带主缸的制动助力器总成（防滑控制 ECU）　2—ECM　3—带转换器的逆变器总成
（包括 MG ECU、升压变换器、DC/DC 变换器和逆变器）　4—逆变器水泵总成
5—带电动机的压缩机总成

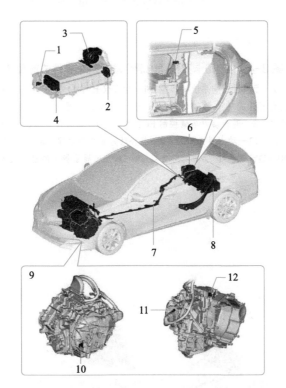

图 3-48　丰田卡罗拉插电混合动力汽车零件位置图 2

1—维修塞把手　2—蓄电池智能单元（蓄电池电压传感器）　3—蓄电池冷却鼓风机总成
4—混合动力蓄电池接线盒总成（包括蓄电池电流传感器、SMRB、SMRP、SMRG 和预充电电阻器）
5—辅助蓄电池温度传感器（热敏电阻总成）　6—辅助蓄电池　7—电源电缆（线束组）
8—HV 蓄电池总成　9—混合动力车辆传动桥总成［包括 1 号电动机 / 发电机（MG1）、
2 号电动机 / 发电机（MG2）］　10—电动机解析器（MG2）　11—电动机温度传感器（MG2）
12—发电机解析器（MG1）和发电机温度传感器（MG1）

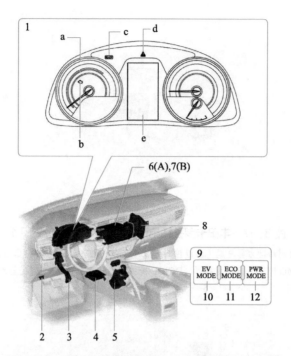

图 3-49 丰田卡罗拉插电混合动力汽车零件位置图 3

A—带导航系统的车型 B—带屏显音响系统的车型 1—组合仪表总成 2—DLC3 3—加速踏板传感器总成
4—空气囊传感器总成 5—变速杆总成（变速杆位置传感器） 6—导航接收器总成
7—收音机和显示屏总成 8—混合动力车辆控制 ECU 总成 9—组合开关总成 10—EV 行驶模式开关
11—环保模式开关 12—动力模式开关 a—混合动力系统指示仪 b—故障指示灯（MIL）
c—READY 指示灯 d—主警告灯 e—多信息显示屏（能量监视器）

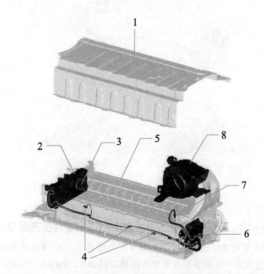

图 3-50 丰田卡罗拉插电混合动力汽车高压蓄电池结构图 1

1—HV 蓄电池上盖 2—混合动力蓄电池接线盒总成 3—维修塞把手 4—HV 蓄电池温度传感器
5—HV 蓄电池（蓄电池模块） 6—蓄电池智能单元（蓄电池电压传感器）
7—HV 蓄电池进气温度传感器 8—蓄电池冷却鼓风机总成

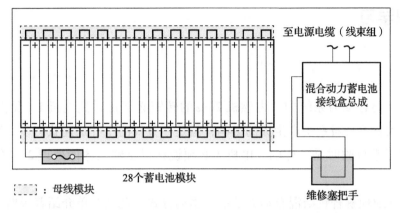

图 3-51 丰田卡罗拉插电混合动力汽车高压蓄电池结构图 2

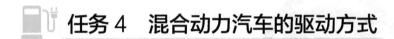

任务 4 混合动力汽车的驱动方式

学习目标

熟悉混合动力汽车的技术特点。

职业素养要求

1. 严格执行汽车检修规范，养成严谨科学的工作态度。

2. 养成总结训练结果的习惯，为下次训练积累经验。

3. 养成团结协作的精神。

4. 严格执行 5S 现场管理。

任务与思考

1. 请查阅资料回答混合动力汽车有哪几种行驶状态？

2. 请查阅资料简述起步和低速行驶控制（EV 模式）下混合动力汽车驱动控制策略。

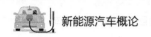

🔆 知识学习

一、混合动力汽车的行驶状态

在普锐斯混合动力系统中，内燃机 28% 的转矩必须传递到电机 1（见图 3-14），在正常行驶状态不会对系统产生大的影响，但是在节气门全开加速状态下，转矩和能量的分配也同正常行驶时是一样的，电机 1 必须设计得足够大才能处理 28% 的内燃机输出转矩。

为了更好地理解普锐斯混合动力系统的驱动方式，此处简单介绍普锐斯的行星齿轮机构，如图 3-52 所示。

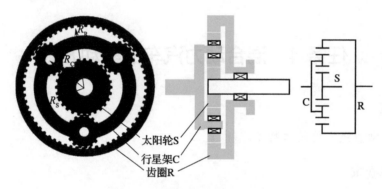

太阳轮S
行星架C
齿圈R

图 3-52　普锐斯的行星齿轮机构

从图 3-52 可知，行星齿轮机构由一个太阳轮、若干个行星齿轮和一个齿轮圈组成，其中行星齿轮由行星架的固定轴支撑，允许行星轮在支承轴上转动。行星齿轮和相邻的太阳轮、齿圈总是处于常啮合状态，通常都采用斜齿轮以提高工作的平稳性。该机构在普锐斯混合动力系统的作用是实现电机、内燃机两个动力源之间的动力耦合，实现系统几种工作模式的切换，根据系统效率实现传动比合理切换。

1. 起步与小负荷时

当车辆处在起步、小负荷工况时，不需要大功率输出驱动车辆，在动力蓄电池电量允许的情况下，仅由电机 2 提供的驱动力可以满足车辆行驶要求，此时内燃机不运转，电机 1 只是反向空转，整车处于纯电动行驶工况，其能量流图如图 3-53 所示。

2. 加速或爬坡时

当车辆加速或爬坡时，车辆需要很大的动力，内燃机和电机 2 共同提供转矩驱动车辆。内燃机输出转矩的 72% 通过动力分配器给了外齿圈，28% 由电机 1 发电给电机 2 供电，电机 2 利用电机 1 提供的电能向外齿圈提供额外的转矩，加速踏板越深，内燃机

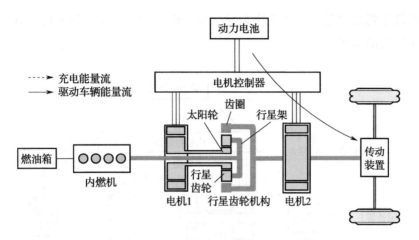

图 3-53 普锐斯纯电动行驶工况能量流图

输出转矩越大，同时电机 1 提供的电能也越多，使得电机 2 向外齿圈提供更多的转矩。假如内燃机的输出不能满足系统输出转矩需求且动力蓄电池电量允许时，电机 2 将进一步提高输出转矩，其能量流图如图 3-54 所示。

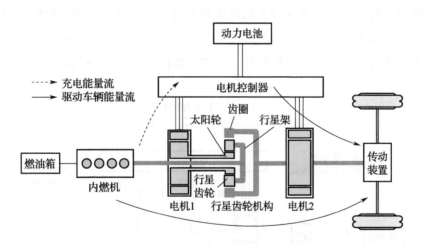

图 3-54 普锐斯加速或爬坡工况能量流图

3. 车辆在巡航时

当车辆在巡航工况下时，内燃机不需要提供太大的动力输出，只需提供动力克服空气阻力和滚动阻力即可。此时内燃机以低速运行，电机 1 由发电状态转换为驱动状态，而电机 2 正好相反，由驱动车辆转换为发电，进入普锐斯混合动力系统的"特异模式"，其能量流图如图 3-55 所示。

当松抬加速踏板时，车辆进入滑行状态，内燃机不需要驱动车辆。由于行星齿轮机构的特点，内燃机处于停机状态，内燃机不会对车辆形成传统内燃机的制动阻力作用，为了保持常规车驾驶感觉，电机2作为发电机工作，给动力蓄电池充电，其发电阻力模拟了内燃机制动的情形。

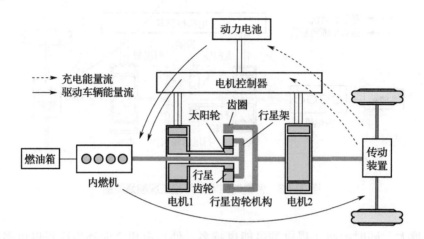

图 3-55　普锐斯巡航工况能量流图

4. 车辆在制动时

当车辆制动时，电机2将通过大幅度提升发电功率，以产生更大的发电阻力来降低车速，其制动需求不足的部分将由基础制动系统来实现。采用制动能量回收方式产生的能量被储存在动力蓄电池中供以后使用，其能量流图如图3-56所示。

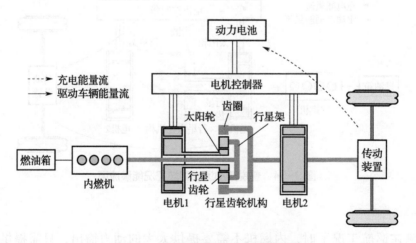

图 3-56　车辆能量回收工况能量流图

当电池电量不在最佳平衡点时，系统将根据动力系统的状态实时控制电机1或电机2发电给系统充电，根据该动力系统的结构特点，系统可在多个工况下为动力蓄电池充电，如起步、怠速、巡航，甚至加速、爬坡等工况。

二、混合动力汽车驱动控制策略

混合动力汽车使用发动机和电动机作为动力源，系统根据车辆各种行驶状态优化组合这两种动力源。HEV ECU 始终监控蓄电池充电状态、蓄电池温度、冷却液温度和电载荷状况。在 READY 指示灯打开、变速器处于 P 位或 R 位时，如果监控项目不满足条件，则 HEV ECU 发出指令起动发动机驱动电机发电并为高压蓄电池充电。

1. 发动机起动控制

车辆起步时，仅由电机驱动。此时发动机保持停止状态。当需要增加驱动力时，电机（作为电动机）起动发动机。发动机起动控制顺序如下：点火开关接通，需要增加驱动力时燃油泵运行，高压蓄电池通过电机控制器使电机起动并提高转速，电液式分离离合器平稳接合，接着电机起动发动机，如图 3-57 所示。下一状态中起动的发动机将电机作为发电机运行，给高压蓄电池充电。与此同时，电机离合器分离。如果车速变为10km/h 以下，发动机将停止运转。

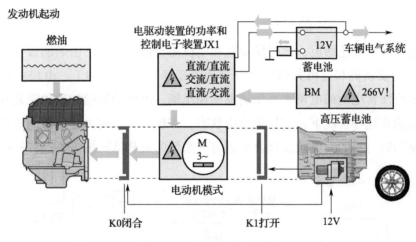

图 3-57　发动机起动控制

2. 起步和低速行驶控制（EV 模式）

在混合动力系统上，如果车速低于10km/h，发动机将停止运转，此时发动机离合器分离，发动机不会反作用倒拖。车辆由高压蓄电池通过电机控制器使电机起动，电机通过电机离合器的接合来单独驱动驱动轮，如图 3-58 所示。

此外，车辆完全电动模式的运行取决于驾驶人的意愿、高压蓄电池的充电状态和车辆电气系统的电能需求。当产生高负荷请求或者缺少电能时，发动机会按要求起动。如果在 EV 模式中需要起动发动机，为了不改变传至驱动轴的驱动转矩，发动机离合器在接合的同时电机离合器打滑。系统通过调节电机离合器的滑动比来控制发动机转速保持在 1000r/min 以上，以防止发动机失速。当车辆在行驶但发动机关闭时，使用电气驱动单元也可保证冷却系统、制动伺服泵、液压转向辅助、空调压缩机等的正常运行。

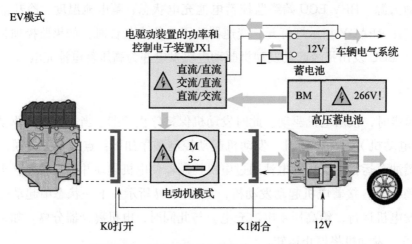

图 3-58　起步和低速行驶控制（EV 模式）

3. 加速行驶控制（混合模式）

如果完全踩下加速踏板，此时发动机和电机离合器均接合，由燃油泵和高压蓄电池作为动力源，发动机和电机共同驱动混合动力车辆（见图 3-59）。电机主要按照驾驶人的意愿和高压蓄电池的电量水平来辅助加速车辆。电机的辅助加速功能是有限的，因为高压蓄电池在这种情况下一直处于放电状态。车辆电气系统由车辆蓄电池供电。车辆蓄电池根据当时自身的充电状态以及车辆电气系统的负载情况按需要进行充电。

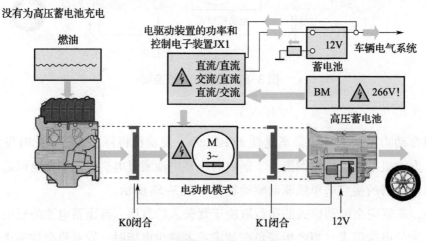

图 3-59　加速行驶控制（混合模式）

4. 高速行驶控制（发动机模式）

高速行驶时，混合动力车辆由发动机单独驱动，电机处于发电机模式，类似于传统车辆的驱动方式。高压蓄电池和车辆蓄电池同时在充电，如图 3-60 所示。

车辆蓄电池按照需要进行充电，这种充电需求是根据监控单元提供的直流 / 直流变压器输出电压参数来判断的。车辆电气系统由发电机供电。特别是在低油耗的轻载荷工作范围中，发动机还驱动电机来给高压蓄电池充电。发电机模式是很高效节能的。发电机的发电量由车辆电气系统的电能需求和高压蓄电池的充电状态决定。

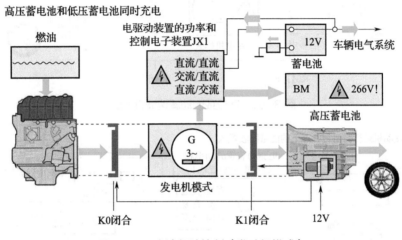

图 3-60　高速行驶控制（发动机模式）

5. D 位或制动减速滑行控制

混合动力车辆以 D 位或制动减速滑行时，发动机离合器分离，发动机关闭。电机离合器完全接合，作为发电机的电机进入完全发电模式（见图 3-61）。回收到高压蓄电池中的能量多少由发电机输出、两个蓄电池的充电状态和车辆电气系统的电能需求共同决定。

在纯滑行模式中，回收的动能减少，发电机开始主要给车辆电气系统供电。这样反而减小制动转矩，车辆的滑行距离加大。

当以滑行模式下坡时（大约 4% 的坡度），动能回收会加大，并利用由此产生的制动转矩防止车辆行驶过快，如图 3-62 所示。

如果是轻微制动，车轮制动器的制动摩擦片只是轻靠在制动盘上，并不产生制动效果，而是由发电机发电时消耗大量动能产生制动作用。车辆可以不用车轮制动器进行制动，以回收大量的动能。

如果制动滑行时发动机关闭但没有和电机切断，由于发动机离合器未打开，发动机在切断燃油供给的情况下处于倒拖状态。由于发动机被倒拖消耗了能量，造成回收的动

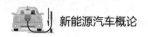

能减少。此外，这种运行模式还受车速和发动机运行状态的影响。

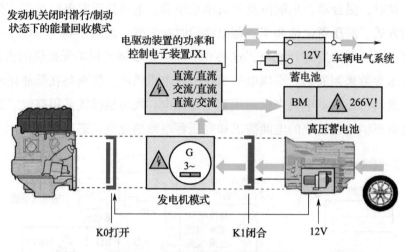

图 3-61　D 位或制动减速滑行控制

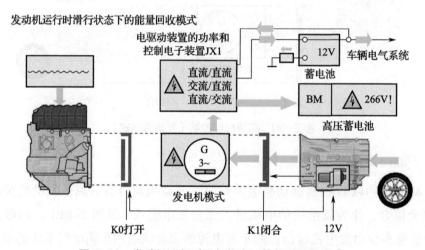

图 3-62　发动机运行时滑行状态下的能量回收模式

项目四 纯电动汽车

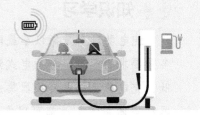

任务 1 纯电动汽车技术特点

学习目标

1. 了解宝马 i3 纯电动汽车的技术特点。

2. 熟悉低压、高压配电结构特点。

职业素养要求

1. 严格执行汽车检修规范，养成严谨科学的工作态度。

2. 养成总结训练结果的习惯，为下次训练积累经验。

3. 养成团结协作的精神。

4. 严格执行 5S 现场管理。

任务与思考

1. 请查阅资料总结一下宝马 i3 纯电动汽车的技术特点。

2.请查阅宝马 i3 的高电压蓄电池单元的结构组成有哪些。

📖 知识学习

纯电动汽车是指以车载电源为动力，用电机驱动车轮行驶，符合道路交通安全法规各项要求的车辆。与插电式混合动力汽车相比，纯电动汽车工作电压更高、行驶噪声更低，充电器可以和转换器集成在同一个壳体中。车辆电气系统的所有用电器（包括加热器和空调系统），都可以在车辆静止情况下由电动机驱动。下面以宝马 i3 为例介绍纯电动汽车的技术特点。

一、宝马 i3 纯电动汽车技术特点

宝马 i3 凭借 3999mm 的车身长度、1775mm 的宽度以及 1578mm 的高度，展示了其特有的比例并且凭借其动力性和紧凑性强调了其在城市交通中的灵活性，图 4-1 所示为宝马 i3 外形结构图。车头和车尾极短的悬架也凸显了宝马 i3 极易操控的行驶性能。宝马 i3 为一款新能源、新动力、零排放的纯电动汽车，它主要由低压配电系统、高压电器系统、动力系统，以及冷却、制动和转向系统组成，技术数据见表 4-1。

图 4-1　宝马 i3 外形结构图

表 4-1　宝马 i3 技术数据

部件名称	技术指标	单位	数据
电机	功率	kW	125
	转矩	N·m	250
	回收利用功率	kW	50
高电压蓄电池	额定电压	V	360
	能量容量（总值）	kW·h	22
	蓄能技术	锂离子	
底盘	前车轮悬架	单铰接麦弗逊弹簧减振支柱，车桥采用铝合金结构，带有制动俯仰补偿	
	后车轮悬架	与驱动模块直接相连的五连杆车桥	
	前 / 后轮胎	155/70 R19/155/70 R19	155/70 R19/175/65 R19
	前 / 后轮辋	5Jx 19 LM/5Jx 19 LM	5Jx 19 LM/5.5Jx 19 LM

（续）

部件名称	技术指标	单位	数据
动力性	比重量（DIN）	kg/kW	9.6
	0~100km/h 加速时间	s	7.2
	0~60km/h 加速时间	s	3.7
	80~120km/h 加速时间	s	4.9
	最高车速	km/h	150
	日常行驶续驶里程（舒适模式）	km	130～160
	日常行驶续驶里程（最高效的行驶模式）	km	最高 200
	欧洲行驶循环电能消耗率	kW·h/100km	12.9
	燃油	L	0
	二氧化碳排放量	g/km	0

由于一些客户需要更长的续驶里程或更大程度的灵活性，宝马 i3 可通过选装一个增程器（REX：Range Extender）将续驶里程额外提高大约 130km。增程器 REX 是运行非常平稳、安静的小型汽油发动机。该发动机驱动电机从而使高电压蓄电池充电状态保持恒定，使得车辆能够继续使用电能行驶。

二、低压配电结构

宝马 i3 纯电动汽车低压供电系统由以下组件组成：1）12V 蓄电池；2）智能型蓄电池传感器（Intelligenter Batterie Sensor，IBS）；3）安全型蓄电池接线柱（Sicherheits Batterie Klemme，SBK）；4）集成式供电模块（仅限于带有增程器的车辆）；5）前部配电盒；6）车内配电盒；7）电机电子装置内用于为 12V 车载网络供电的 DC/DC 变换器；8）接地连接。图 4-2 所示为宝马 i3 纯电动汽车低压供电系统结构图。

在宝马 i3 上根据车辆配置使用两个不同的 12V 蓄电池为 12V 车载网络供电：

1）20A·h AGM 蓄电池；2）40A·h 铅酸蓄电池。

所装 12V 蓄电池型号取决于：1）车辆配置；2）国家规格；3）增程器。

在宝马 i3 上，12V 蓄电池只需确保高电压系统开始运行。对 12V 蓄电池的要求不再是确保发动机起动的最低 SOC，而是在低温时防止 12V 蓄电池结冰以及确保高电压网络启动的最低 SOC。

12V 车载网络的能量供应（以及 12V 蓄电池的充电）不是通过传统发电机，而是通过 DC/DC 变换器进行。

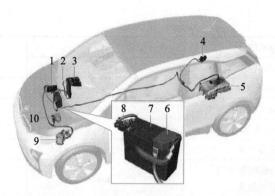

图4-2　宝马i3纯电动汽车低压供电系统结构图

1—前部配电盒　2—车身域控制器　3—车内配电盒　4—集成式供电模块（仅限于带有增程器的车辆）
5—电机电子装置　6—安全型蓄电池接线柱　7—蓄电池　8—智能型蓄电池传感器
9—电子助力转向系统　10—动态稳定控制系统

 高压系统结构

1. 动力总成系统

动力总成由动力电机和变速器组成。纯电动汽车对电机有较高的要求，为满足在纯电动模式下起动及纯电动续驶里程、加速和高速行驶的要求，纯电动汽车需要较大输出功率、低速时高转矩和调速范围宽的电机。另外，考虑到整车布置和使用寿命等因素，应尽量选取高密度、小型轻量化、高效率、高可靠性、高耐久性、强适应性的电机。就现有技术而言，永磁同步电机是较好的选择。

宝马i3所用电机是同步电机，动力电机额定功率为75kW，最大输出转矩为250N·m，电机由转子、定子、旋变传感器及温度传感器组成，电机采用水冷方式。其基本结构和工作原理与带内转子的永磁同步电机相同，转子位于内部且装备了永久磁铁。定子以环形方式布置在转子外围，由安装在转子凹槽内的三相绕组组成。如果在定子绕组上施加三相交流电压，所产生的旋转磁场（在电机运行模式下）就会"带动"转子内的磁铁。

（1）电机

1）电机结构。图4-3所示为宝马i3纯电动汽车电机结构图。图4-3中只展示了定子不带绕组的部分。转子由一个重量经过优化且位于内部部件内的托架、一个挡板套件和布置在两个位置的永久磁铁组成。转子热压在驱动轴上。

通过六个极对同时实现了结构复杂性以及每圈尽可能恒定的转矩曲线。

宝马i3电机无须加注机油，仅对两个包含油脂的深槽球轴承进行润滑。通过从电机电子装置输出端输送至电机的冷却液进行电机冷却。在电机内冷却液流过布置在外侧的螺旋形冷却通道。壳体末端有两个 O 形环密封冷却通道，因此电机内部完全"干燥"。

图 4-3　宝马 i3 纯电动汽车电机结构图

1—冷却通道　2—深槽球轴承　3—驱动轴　4—内部壳体　5—转子内的挡板套件
6—转子内的永久磁铁　7—定子挡板套件

2）电机传感器。图 4-4 所示为宝马 i3 纯电动汽车电机的电气接口。为避免因温度过高而造成组件损坏，宝马 i3 电机内有两个温度传感器，两个温度传感器位于定子绕组内。

转子温度通常根据定子内的温度传感器测量值进行确定。两个温度传感器都取决于温度的 NTC 型电阻。其信号以模拟方式由电机电子装置读取和分析。

为确保电机电子装置正确计算和产生定子内绕组电压的振幅和相位，必须知道准确的转子角度位置。因此在离开变速器的驱动轴端部有一个转子位置传感器。

转子位置传感器固定在电机定子上，依据旋转变压器原理工作。在转子位置传感器内有三个线圈。在其中一个线圈上存储规定交流电压。另外，两个线圈彼此错开90°。在这些线圈内产生的感应电压表示转子的角度位置。转子位置传感器由电机制造商安装并进行相应调整，因此原则上已正确校准。在制造期间准确校准转子位置传感器，之后将电机与电机电子装置组装在一起。校准值存储在电机电子装置的控制单元内。

①拆卸后必须更换壳体盖！

②每次拆卸后都必须更换高电压接口（U、V、W）的螺栓。

③不允许在宝马维修站内校准或更换转子位置传感器。

④更换电机或电机电子装置时，必须通过诊断功能将角度代码写入电机电子装置内。可在电机型号铭牌上找到角度代码。

3）电机冷却系统。图 4-5 所示为宝马 i3 纯电动汽车电机冷却系统。

图4-4　宝马i3纯电动汽车电机的电气接口

1—外部壳体　2—壳体盖　3—转子位置传感器接口　4—定子内的温度传感器　5—高电压接口U
6—高电压接口V　7—高电压接口W　8—转子位置传感器

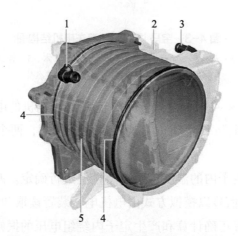

图4-5　宝马i3纯电动汽车电机冷却系统

1—冷却液管路接口（电机输入端，连自电机电子装置）　2—外部壳体
3—冷却液管路接口（电机输出端，连至冷却液散热器）　4—O形环　5—冷却通道

电机设计用于较大温度范围。输入端（供给）处冷却液温度最高可达70℃。虽然能量转换时电机损失比内燃机小，但其壳体温度最高可达100℃。有受伤危险：运行时电机壳体的温度最高可达100℃。拆卸驱动单元等工作时，必须等待足够长的时间以便冷却。

（2）电机外部特征和机械接口

图4-6所示为宝马i3纯电动汽车电机外部特征和机械接口。电机电子装置位于电机上方。为确保支撑力充足，电机壳体沿行驶方向向前"加长"了支撑结构的长度。

连接变速器与电机时，必须遵守维修说明中描述的工作步骤。必须注意变速器输入轴和驱动轴的轴向调节，从而确保以无应力方式组装在一起。连接前，必须在两个花键上涂覆油脂，不允许超过规定油脂量！

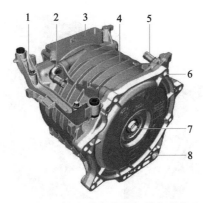

图 4-6 宝马 i3 纯电动汽车电机外部特征和机械接口

1—电机电子装置支撑结构 2—冷却液管路接口（电机输出端，连至冷却液散热器）
3—电机电子装置的电气连接插槽 4—外部壳体 5—冷却液管路接口（电机输入端，连自电机电子装置）
6—用于与变速器机械连接的开孔／螺纹 7—驱动轴 8—稳定杆连杆连接

1）变速器的机械接口。电机壳体与变速器之间的连接部位处有一个横截面为"X"形的密封环。连接前必须更换该 X 形密封环，它包含在变速器供货范围内。图 4-7 所示为宝马 i3 纯电动汽车变速器的机械接口。

图 4-7 宝马 i3 纯电动汽车变速器的机械接口

1—后桥模块 2—右侧半轴 3—变速器壳体 4—X 形密封环 5—左侧半轴 6—带花键的变速器输入轴
7—O 形密封环 8—用于与电机机械连接的开孔

2）固定和支撑驱动单元（不带增程器的型号）。图 4-8 所示为固定和支撑驱动单元（不带增程器的型号）结构图，图中展示不带覆盖物的电机和变速器。在批量生产车型上，这些组件外面有时还带有泡沫部件。这样可实现电动驱动装置隔声，从而降低可能对客户产生干扰的噪声。

电机壳体采用气密和防水设计，因为较低的安装位置要求采用这种设计且涉水行驶不会造成损坏。由于运行期间可能存在较大温差，因此有必要进行压力补偿。这种情况通过电机电子装置电气连接插槽实现。

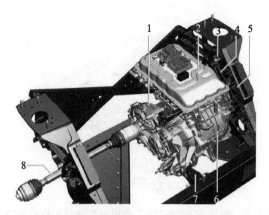

图 4-8 固定和支撑驱动单元（不带增程器的型号）结构图

1—变速器 2—电机电子装置 3—支撑臂轴承 4—支撑臂
5—后桥模块 6—电机 7—稳定杆连杆 8—半轴

固定和支撑不仅涉及电机本身，而且涉及由电机、变速器和电机电子装置组成的整个驱动单元。

在行驶方向左侧，有一个支撑臂将电机壳体与后桥模块连接在一起。该支撑臂不用于承受驱动单元的重力。驱动力矩也通过该支撑臂传输至后桥模块并最终传递到车身上。整个驱动单元（电机、电机电子装置和变速器）还通过稳定杆连杆与后桥模块连接在一起。

拆卸电机时，必须先拆卸整个后桥。这种情况也适用于拆卸变速器和电机电子装置。只有这样才能将附加托架从壳体上松开并拆卸各个组件。

3）电动制冷剂压缩机的安装。电动制冷剂压缩机通过三个螺栓固定在电机上，如图 4-9 所示。电机壳体用于固定和支撑电动制冷剂压缩机。在电机壳体内相应位置处有带螺纹套的开孔。用于固定电动制冷剂压缩机的螺纹套不允许进行更换！

图 4-9 电动制冷剂压缩机固定方式

1—固定螺栓（3个） 2—电动制冷剂压缩机 3—电机

（3）电机与电机电子装置之间的电气接口

电机带有连接电机电子装置的电气接口。图 4-10 所示展示了电机与电机电子装置之间的电气接口。

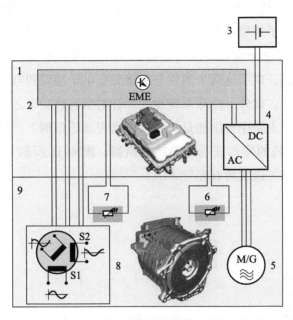

图 4-10 电机与电机电子装置之间的电气接口

1—电机电子装置（整体） 2—EME 控制单元 3—高电压蓄电池 4—双向 DC/AC 转换器 5—实际电机
6—定子温度传感器 7—定子温度传感器 8—转子位置传感器 9—电机（整体）

电气接口有一个高电压接口和一个低电压接口。高电压接口由三相组成。电机电子装置内的双向 DC/AC 转换器产生三相交流电压，该电压传输至电机定子内的绕组，以此控制电机并规定其运行方式——作为电机或发电机运行。电气导线或接口用螺栓拧紧，上方有盖板保护。

低电压接口仅由以下传感器的信号导线组成：①定子绕组温度传感器（2个）；②转子温度传感器（在一个轴承上）；③转子位置传感器。

电机电子装置测量两个温度传感器（采用 NTC 电阻设计）的电阻，由此确定电机内两个部位的温度。此外，电机电子装置还产生用于转子位置传感器的交流电压并分析这些传感器的信号（两个感应交流电压）。电气接口由一个插接器组成，该插接器像高电压接口一样隐藏在盖板下。

（4）宝马 i3 纯电动汽车动力驱动组件冷却系统

由于效率较高，增程电机和供电电子装置释放出的热量远远低于内燃机，但为了确保在所有温度条件下正常运行，在宝马 i3 上通过一个冷却系统对驱动组件进行冷却。为了提供总体概览，下面展示选装所有配置的冷却系统。就是说在配置较少（如没有增

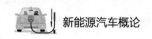

程器或便捷充电电子装置）的车辆上，冷却系统组件范围会相应减小。

为了更加清晰地展示，所有循环回路均为彩色。蓝色表示较低温度，红色表示冷却液温度较高，不同的红色表示不同程度的高温。

1）冷却系统概览。待冷却的组件接入冷却液循环回路内，以便保持组件所要求的最高温度水平。电机电子装置所要求的温度比电机低，因此选择按该顺序串联。由于电动驱动装置和便捷充电电子装置不同时运行，因此选择了并联。增程电机和增程电机电子装置首先串联连接。由于这两个组件与便捷充电电子装置和电机电子装置不同时运行，因此与其串联连接。此外，冷却系统也无须针对所有热功率之和进行设计，因为实际上只需在一两个并联支路中排出热量。在装有增程器的车辆上，冷却液循环回路内带有用于冷却 W20 发动机的冷却液制冷剂热交换器。图 4-11 所示为宝马 i3 纯电动汽车驱动组件冷却系统概览（选装所有配置）。

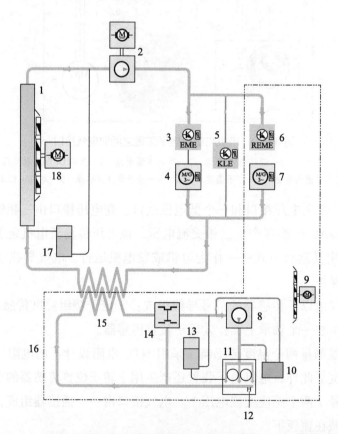

图4-11　宝马 i3 纯电动汽车驱动组件冷却系统概览（选装所有配置）

1—冷却液散热器　2—电动冷却液泵（80W）　3—电机电子装置 EME　4—电机　5—便捷充电电子装置 KLE
6—增程电机电子装置 REME　7—增程电机　8—机械冷却液泵　9—用于增程器冷却总成（冷却液制冷剂热交换器）
的附加电风扇　10—发动机油冷却液热交换器　11—增程器（W20 发动机）　12—冷却液温度传感器
13—内燃机冷却液循环回路内的补液罐　14—节温器　15—用于增程器的冷却液制冷剂热交换器
16—该区域仅限于带有增程器时　17—驱动组件冷却液循环回路内的补液罐　18—用于冷却液散热器的电风扇

2）宝马 i3 纯电动汽车驱动冷却系统组件。图 4-12 所示为宝马 i3 纯电动汽车驱动组件冷却系统安装位置。车辆前部的冷却模块由冷却液空气热交换器、电风扇以及选装主动式冷却风门组成。为了降低空气阻力和车辆耗电量，宝马 i3 可在其肾形格栅后选装主动式风门控制装置。该装置由 EDME 根据运行状态关闭或打开。

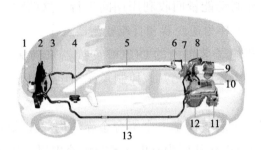

图 4-12　宝马 i3 纯电动汽车驱动组件冷却系统安装位置

1—驱动组件冷却液循环回路内的补液罐　2—冷却液散热器　3—用于冷却散热器的电风扇
4—数字式发动机电气电子系统　5—供给管路　6—电动冷却液泵（80 W）　7—增程电机
8—内燃机冷却液循环回路内的补液罐　9—增程电机电子装置 REME　10—电机电子装置 EME
11—便捷充电电子装置 KLE　12—电机　13—回流管路

2. 高压控制系统总成

宝马 i3 纯电动汽车上的大量高电压组件一方面用于驱动车辆，另一方面用于执行一些舒适功能，图 4-13 所示为高电压组件。

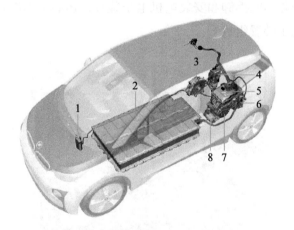

图 4-13　宝马 i3 纯电动汽车高电压组件

1—电气加热装置　2—高电压蓄电池　3—增程电机　4—增程电机电子装置　5—电机电子装置
6—便捷充电电子装置　7—电机　8—电动制冷剂压缩机

这些组件的共同之处是：均以高电压运行！维修时，必须特别小心。只有满足以下前提条件的维修人员才允许对带标记高电压组件进行作业：具备资质、遵守安全规定、严格按照维修说明操作。

宝马i3纯电动汽车高压控制系统总成即电机电子装置EME，主要为用作驱动的电机电子控制装置。在此该装置的任务是将高电压蓄电池的直流电压（最高约400V）转换为用于控制电机（作为电动机）的三相交流电压（最高约360V）。反之，当电机作为发电机使用时，电机电子装置将电机的三相交流电压转换为直流电压，从而为高电压蓄电池充电。该过程在制动能量回收利用期间进行。这两种运行方式都需使用双向DC/AC转换器，该转换器可作为逆变器和直流整流器工作。

通过同样集成在电机电子装置内的DC/DC变换器来确保为12V车载网络供电。此外电机电子装置还有一个控制单元，该控制单元与电机电子装置名称相同，缩写为"EME"。

宝马i3的整个电机电子装置位于一个铝合金壳体内。在该壳体内装有控制单元、用于将交流电压转换为直流电压从而为高电压蓄电池充电以及将高电压蓄电池直流电压转换为三相交流电压的双向AC/DC转换器以及用于为12V车载网络供电的DC/DC变换器。

维修时，不允许打开电机电子装置壳体。

图4-14所示为电机电子控制系统装置安放位置图。为了接触到电机电子装置接口，必须首先拆卸图4-14中所示行李舱饰板部分。此外，还需要拆卸随后可见的一个端盖，由此可形成一个维修口。端盖通过螺栓连接方式与车身固定在一起，还通过一个密封垫进行密封。

仅执行上述过程并不能拆卸和安装电机电子装置，还必须拆卸整个驱动单元（由变速器、电机和电机电子装置组成）。

图4-14　电机电子控制系统装置安放位置图

1—行李舱饰板　2—端盖　3—端盖的固定螺栓　4—电机电子装置　5—密封垫

图4-15所示为电机电子控制系统装置接口图。电机电子装置上的接口可分为四类：①低电压接口；②高电压接口；③电位补偿导线接口；④冷却液管路接口。

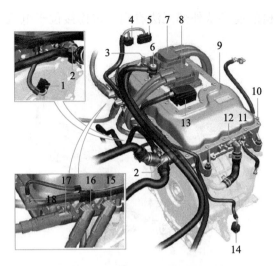

图 4-15　电机电子控制系统装置接口图

1—驻车锁模块内的电机供电和连自 / 连至驻车锁模块的信号导线　2—冷却液管路（供给电机电子装置）
3—DC/DC 变换器 -12V 输出端　4—低电压插头　5—低电压插头　6—DC/DC 变换器 +12V 输出端
7—至高电压蓄电池的高电压导线（DC）　8—至增程器 EME 的高电压导线（DC）　9—电机电子装置壳体
10—电位补偿导线接口　11—电位补偿导线接口　12—冷却液管路（回流，电机电子装置，至电机）
13—EME 低电压插头（信号插头）　14—EKK 低电压插头　15—至电动制冷剂压缩机的高电压导线
16—至电气加热装置的高电压导线　17—用于交流电充电的高电压导线　18—接地接口

①低电压接口。在电机电子装置上及从外部可见的多芯低电压插头上汇总了以下导线和信号：

- EME 控制单元供电（前部配电盒和接地的总线端 30B）。
- 安全型蓄电池接线柱的总线端 30C（由 EME 控制单元进行分析，从而识别事故）。
- 总线系统 PT-CAN2（在 EME 控制单元内带有用于 PT-CAN2 的 120Ω 终端电阻）。
- 唤醒导线。
- 连接便捷充电电子装置的控制导线，用于授权充电过程。
- 高电压触点监控电路输入端和输出端（EME 控制单元分析信号，并在电路断路时关闭高电压系统）。
- 电动机械式驻车锁：位置传感器的供电和信号、电磁铁和电机的供电。
- 制动真空压力传感器（提供和分析压敏电阻）。
- 电动真空泵供电。

这些导线和信号的电流强度相对较小。通过两个独立的低电压接口和横截面较大的导线使电机电子装置与 12V 车载网络（总线端 30 和 31）连接。电机电子装置内的 DC/DC 变换器通过该连接为整个 12V 车载网络提供能量。两根导线与电机电子装置的接触连接不通过插接连接件实现，而是通过螺栓连接实现。

电机电子装置与电机的连接从外部无法看到。该连接位于电机右侧端盖下方，如图 4-16 所示。

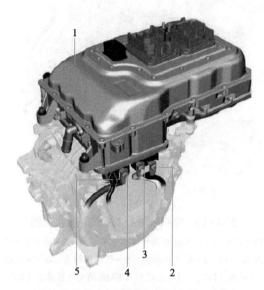

图 4-16 电机电子装置与电机的电气连接
1—电机电子装置 2—定子绕组 1 高电压接口螺栓连接件 3—定子绕组 2 高电压接口螺栓连接件
4—定子绕组 3 高电压接口螺栓连接件 5—低电压插头

在端盖下方带有为定子绕组（高电压接口）供电的螺栓连接件和传输以下信号的插接连接件：a. 电机的转子位置传感器信号（供电和传感器信号）；b. 电机内两个温度传感器的信号。图 4-17 以简化电路图形式概括展示了电机电子装置的低电压接口。

②高电压接口。在电机电子装置上总共有五个高电压接口，用于连接至其他高电压组件的导线，表 4-2 所列为其他高电压组件的导线连接方式。图 4-18 所示简化电路图展示了电机电子装置与其他高电压组件之间的高电压连接。

表 4-2 其他高电压组件的导线连接方式

连接组件	触点数量，电压类型，屏蔽层	连接方式	接触保护
电机	−3 相 −交流电压 −1 个屏蔽层，用于所有 3 根导线	汇流排通过螺栓与电机导线固定在一起	通过电机端盖以机械方式实现
高电压蓄电池	−2 芯 −直流电压 −每根导线 1 个屏蔽层	扁平高电压插头带机械锁止件	−接触簧片上方盖板 −高电压触点监控
便捷充电电子装置	−2 芯 −直流电压 −每根导线 1 个屏蔽层	扁平高电压插头带机械锁止件	−接触簧片上方盖板 −高电压触点监控

（续）

连接组件	触点数量，电压类型，屏蔽层	连接方式	接触保护
电动制冷剂 压缩机	– 2芯 – 直流电压 – 两根导线1个屏蔽层	圆形高电压插头	触点上方盖板（接触保护）
电气加热装置	– 2芯 – 直流电压 – 两根导线1个屏蔽层	圆形高电压插头	触点上方盖板（接触保护）

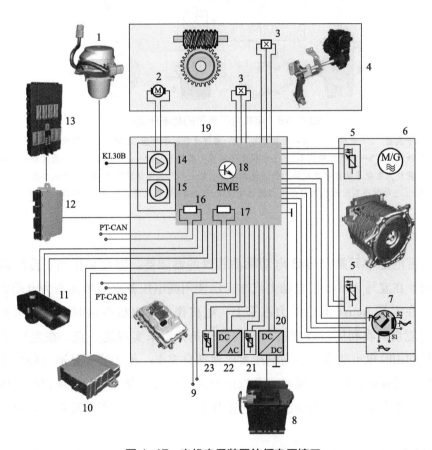

图4-17　电机电子装置的低电压接口

1—电动真空泵　2—驻车锁电机　3—位置传感器（霍尔式传感器）　4—驻车锁模块　5—两个温度传感器（NTC电阻）
6—电机（整体）　7—转子位置传感器　8—12V蓄电池　9—高电压触点监控信号导线　10—碰撞和安全模块
11—车身域控制器　12—制动真空压力传感器　13—用于控制驻车锁模块的输出级
14—用于控制行驶档位执行机构的输出级　15—用于控制电动真空泵的输出级　16—PT-CAN终端电阻
17—PT-CAN2终端电阻　18—EME控制单元　19—电机电子装置EME（整体）　20—DC/DC变换器
21—DC/DC变换器上的温度传感器（NTC电阻）　22—DC/AC转换器
23—DC/AC转换器上的温度传感器（NTC电阻）

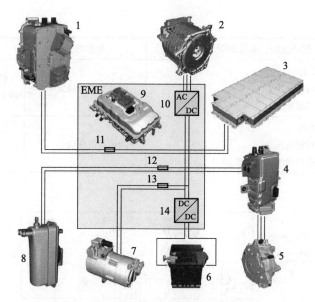

图 4-18　电机电子装置的高电压接口

1—便捷充电电子装置　2—电机　3—高电压蓄电池　4—增程电机电子装置 REME　5—增程电机　6—12V 蓄电池
7—电动制冷剂压缩机　8—电气加热装置　9—电机电子装置（整体）　10—电机电子装置内的双向 DC/AC 变换器
11—便捷充电电子装置供电导线内的过电流熔丝　12—电气加热装置供电导线内的过电流熔丝
13—电动制冷剂压缩机供电导线内的过电流熔丝　14—电机电子装置内的 DC/DC 变换器

3. 动力蓄电池组

高电压蓄电池单元是宝马 i3 电动驱动装置的蓄能器。因此它相当于传统内燃机车辆的燃油箱。在宝马 Active 混合动力汽车上已使用高电压蓄电池单元来为电动驱动装置供应能量。在宝马 Active 混合动力汽车上，电机作为发电机驱动时为高电压蓄电池充电，在制动能量回收利用时或通过提高内燃机负荷点来实现这一点。在宝马 i3 上，制动能量回收利用时也可能重新使高电压蓄电池部分充电，但主要还是通过外部电网来为其供应能量。可选装的增程器通过一台汽油发动机和另一台电机同样可以提供电能，但该能量主要用于在高电压蓄电池已相对过度放电时保持充电状态。这样可以提高宝马 i3 的续驶里程。

（1）概览　带有电动驱动装置的车辆的高电压蓄电池相当于内燃机驱动车辆的燃油箱。它是电动驱动装置的蓄能器。为使宝马 i3 达到预期续驶里程，需要相应储存较多能量，因此蓄能器的容积和重量较大。但通过在宝马 i3 驱动模块内安装高电压蓄电池单元对一些车辆特性产生了积极影响：

1）由于安装位置较低，降低了车辆重心，因此可减小转弯行驶时的侧倾。

2）车内空间不会因高电压蓄电池单元受到限制。

3）维修时易于接触到高电压蓄电池单元，因此可减少修理费用。

（2）技术数据

宝马 i3 的高电压蓄电池单元由以下主要组件组成：

1）带有实际电池的电池模块。

2）电池监控电子装置。

3）安全盒。

4）蓄能器管理电子装置 SME 控制单元。

5）带散热器或选装配置加热装置的热交换器。

6）导线束。

7）接口（电气、制冷剂、排气）。

8）壳体和固定部件。

电池由韩国三星 SDI 向宝马 Dingolfing 工厂提供。在此将电池组装成电池模块并与其他组件一起安装为完整的高电压蓄电池单元。SME 控制单元和电池监控电子装置的制造商是 Preh 公司。

在宝马 i3 高电压蓄电池内使用的电池属于锂离子电池类型（电池类型为 NMC/LMO 混合）。锂离子电池的阴极材料基本上是锂金属氧化物。"NMC/LMO 混合"这一名称说明了这种电池类型使用的金属一方面是镍、锰和钴的混合物，另一方面是锂锰氧化物。通过所选阴极材料优化了电动车所用高电压蓄电池的特性（能量密度较高、使用寿命较长）。像往常一样使用石墨作为阴极材料，放电时锂离子沉积在石墨内。根据所使用的材料，电池额定电压为 3.75V。表 4-3 总结了宝马 i3 高电压蓄电池技术数据。

表 4-3 宝马 i3 高电压蓄电池技术数据

电压	360V（额定电压）；最小 259V ~ 最大 396V（电压范围）
电池	96 个电池串联（每个电池均为 3.75V 和 60A·h）
最大可存储能量	21.6kW·h
最大可用能量	18.8kW·h
最大功率（放电）	147kW（短时），至少 40kW（持续）
最大功率（直流电充电）	50kW 或 125A 直流电（快速充电至 80%SOC）用时 0.4h
最大功率（交流电充电）	7.4kW（快速充电至 80%SOC）用时 2.8h
总重量	约 233kg
尺寸	1584mm × 892mm × 171mm（容积 213L，包括壳体）
冷却系统	制冷剂使用 R134a
加热装置	电气，最大 1000W（选装配置）

（3）高电压蓄电池单元安装位置 高电压蓄电池单元安装位置如图 4-19 所示。高电压蓄电池单元最重要的外部特征是：

1）高电压导线或高电压接口。

2）12V车载网络接口。

3）制冷剂管路或制冷剂接口。

4）提示牌。

5）排气口。

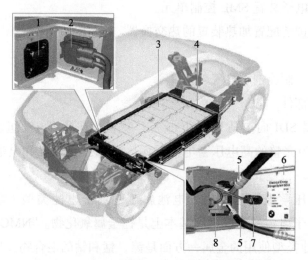

图 4-19 高电压蓄电池单元安装位置和单元接口

1—排气口 2—高电压接口 3—高电压蓄电池单元 4—框架（驱动模块） 5—制冷剂管路
6—带有序列号的型号铭牌 7—12V车载网络接口，与车辆通信 8—膨胀和截止组合阀

高电压蓄电池单元除高电压接口外，还带有一个12V车载网络接口，可为集成式控制单元提供电压、总线信号、传感器信号和监控信号。为了对高电压蓄电池进行冷却将其接入制冷剂循环回路内。高电压蓄电池单元上的提示牌向进行相关组件作业的人员说明所用技术及可能存在的电气和化学危险。

高电压蓄电池单元的电压远远高于60V。因此进行任何高电压蓄电池单元作业前都必须遵守电气安全规定：①切换为无电压；②固定住以防重新接通；③确定系统无电压。

如果无法通过组合仪表准确确定系统无电压，禁止在车辆上继续作业，否则会有生命危险！之后，必须由电气专业人员使用相应测量仪器/测量方法确定系统无电压。在此情况下必须联系技术支持部门！此外，必须隔离车辆，并用隔离带隔开车辆！

可在无须拆卸高电压蓄电池单元的情况下断开导线（高电压导线和12V车载网络接口）和制冷剂管路。

高电压蓄电池单元位于车内空间以外。如果由于严重故障导致电池产生过压，不必通过排气管向外排出所产生的气体，通过高电压蓄电池单元壳体上的一个排气口便可进行压力补偿。

与当前宝马 Active 混合动力汽车一样，高电压安全插头（售后服务时断开连接）不是高电压蓄电池单元的组成部分。它位于发动机舱盖下方。

4. 电池管理系统

1）高电压网络内高电压蓄电池单元的系统电路图，如图 4-20 所示。

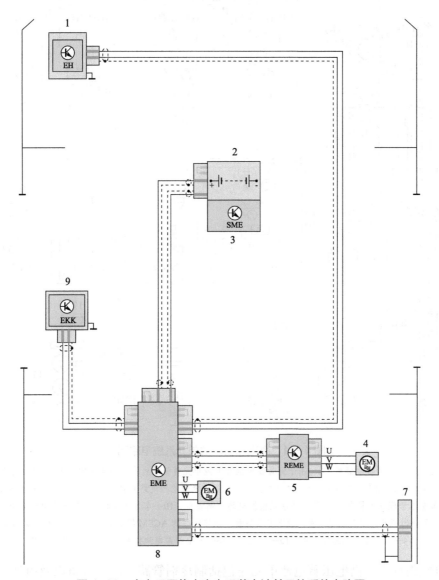

图 4-20　高电压网络内高电压蓄电池单元的系统电路图

1—电气加热装置　2—高电压蓄电池单元　3—蓄能器管理电子装置　4—增程电机　5—增程电机电子装置
6—电机　7—充电插座　8—电机电子装置　9—电气制冷剂压缩机

2）高电压蓄电池单元电气和电子组件。图 4-21 所示电路图展示了高电压蓄电池单元的内部电气结构，比系统电路图更详细。

　　如图 4-21 所示，除汇集在八个电池模块内的电池本身外，宝马 i3 的高电压蓄电池单元还包括以下电气 / 电子部件：①蓄能器管理电子装置 SME 控制单元；②八个电池监控电子装置（电池监控电路 CSC）；③带接触器、传感器和过电流熔丝的安全盒；④电气加热装置控制装置（选装）。

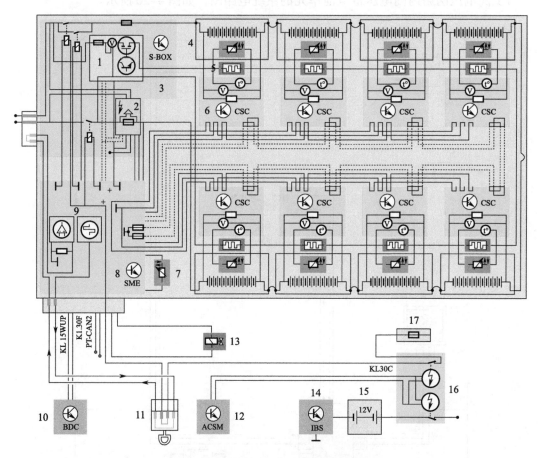

图 4-21　高电压蓄电池单元系统电路图

1—电气加热装置控制装置　2—用于测量高电压蓄电池单元负极导线内电流强度的传感器　3—安全盒
4—电池模块　5—电气加热装置　6—电池监控电子装置（电池监控电路 CSC）　7—制冷剂管路温度传感器
8—蓄能器管理电子装置　9—高电压触点监控电路控制装置　10—车身域控制器　11—高电压安全插头
（售后服务时断开连接）　12—用于触发安全型蓄电池接线柱的 ACSM 控制管路　13—冷却液管路截止阀
14—智能型蓄电池传感器　15—蓄电池　16—安全型蓄电池接线柱　17—前部配电盒

　　除电气组件外，高电压蓄电池单元还包括制冷剂管路、冷却通道以及电池模块的机械固定元件。

　　1）蓄能器管理电子装置 SME。针对高电压蓄电池使用寿命的要求比较严格（车辆使用寿命）。为了满足这些要求，不能随意使用高电压蓄电池，而是必须在严格规定的范围内使用，从而确保其使用寿命和功率最大化。相关边界条件如下：

①在最佳温度范围内运行电池（通过加热/冷却以及根据需要限制电流强度）。

②根据需要均衡所有电池的充电状态。

③在特定范围内用完可存储的蓄电池能量。

为了遵守这些边界条件，在宝马i3的高电压蓄电池单元内带有一个控制单元即蓄能器管理电子装置SME。

SME控制单元需要执行以下任务：

①由电机电子装置EME根据要求控制高电压系统的启动和关闭。

②分析所有有关电池的电压和温度以及高电压电路内电流强度的测量信号。

③控制高电压蓄电池单元冷却系统。

④确定高电压蓄电池的荷电状态（SOC）和健康状态（SOH）。

⑤确定高电压蓄电池的可用功率并根据需要对电机电子装置提出限制请求。

⑥安全功能（例如电压和温度监控、高电压触点监控、绝缘监控）。

⑦识别出故障状态，存储故障代码存储器记录并向电机电子装置发送故障状态。

在宝马i3中，EME控制单元对整个高电压车载网络进行电源管理。

原则上，SME控制单元可通过诊断系统访问并进行编程。在SME控制单元的故障代码存储器内不仅可存储控制单元故障，而且还可查阅高电压蓄电池单元内其他组件的故障记录。这些故障代码存储器记录根据严重程度和尚可提供的功能分为不同类型：

①立即关闭高电压系统：因出现故障影响高电压系统安全或产生高电压蓄电池损坏危险时，就会立即关闭高电压系统并断开电动机械式接触器触点。之后驾驶人可让车辆滑行并停在路面上。通过12V车载网络提供能量确保转向助力、制动助力和DSC调节。

②限制功率：高电压蓄电池无法继续提供最大功率或全部能量时，为了保护组件会限制驱动功率和续驶里程。此时驾驶人可在驱动功率明显降低的情况下继续行驶较短距离，在最好的情况下可行驶至最近的宝马维修站，或将车辆停放在所选地点。

③对客户没有直接影响的故障：例如SME控制单元或CSC控制单元之间的通信短时受到干扰时，不表示功能受限或危及高电压系统安全。因此只会产生一个故障代码存储器记录，必须由宝马维修站通过诊断系统对该记录进行分析。但客户不会看到检查控制信息或感到功能受限。

从高电压蓄电池单元外部无法接触到SME控制单元。为在出现故障时更换SME控制单元，必须事先打开高电压蓄电池单元。由认证的相关人员来打开高电压蓄电池单元。此外必须严格按照维修说明来进行，特别要在打开前进行规定的检查工作。

SME控制单元的电气接口是：①SME控制单元12V供电（车内配电盒的总线端30F和总线端31）；②接触器12V供电（总线端30碰撞信号）；③PT-CAN2；④局域CAN 1和2；⑤车身域控制器BDC唤醒导线；⑥高电压触点监控输入端和输出端；⑦

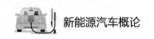

制冷剂循环回路内的截止和膨胀组合阀控制导线；⑧制冷剂温度传感器。

由一个专用的 12V 导线为高电压蓄电池单元内的接触器供电，该导线称为总线端 30 碰撞信号，简称"总线端 30C"。总线端名称中的 C 表示发生事故（碰撞）时关闭该 12V 电压。该导线是安全型蓄电池接线柱的一个（第二个）输出端，即触发安全型蓄电池接线柱时也会断开该供电导线。此外该导线穿过高电压安全插头，因此关闭高电压系统供电时也会关闭接触器供电。因此在上述两种情况下，高电压蓄电池单元内的两个接触器会自动断开。

局域 CAN1 使 SME 控制单元与电池监控电子装置 CSC 相互连接。局域 CAN 2 用于实现 SME 控制单元与 S 盒之间的通信。通过该总线可传输测量的电流强度等信息。车辆有选装配置 SA494 驾驶人和前排乘客座椅加热装置时，还通过局域 CAN 2 传输高电压蓄电池加热装置控制指令。

2）SME 电池模块。高电压蓄电池单元由八个串联连接的电池模块（见图 4-22）组成。每个电池模块都分配有一个电池监控电子装置。电池模块由十二个串联连接的电池组成。每个电池的额定电压为 3.75V，额定电容量为 60A·h。电池模块的顺序是固定的，在背面从高电压插头开始。

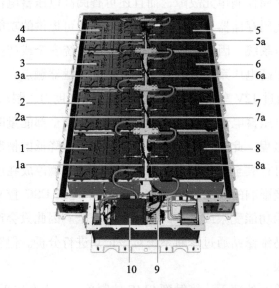

图 4-22 电池模块

1—电池模块 1　1a—电池监控电子装置 1　2—电池模块 2　2a—电池监控电子装置 2　3—电池模块 3
3a—电池监控电子装置 3　4—电池模块 4　4a—电池监控电子装置 4　5—电池模块 5
5a—电池监控电子装置 5　6—电池模块 6　6a—电池监控电子装置 6　7—电池模块 7
7a—电池监控电子装置 7　8—电池模块 8　8a—电池监控电子装置 8　9—安全盒　10—蓄能器管理电子装置

更换电池模块时，必须按顺序进行，因为该顺序存储在诊断系统内用于将来进行分析。

5. 充电口总成

宝马 i3 充电接口与传统内燃机车辆燃油加注管所在位置完全相同。像在传统车辆上必须打开燃油箱盖一样，在宝马 i3 上也必须打开充电接口盖。按压充电接口盖可操作开锁按钮从而使充电接口盖开锁。此外，还通过另一个端盖防止真正的充电接口受潮和弄脏。因此充电接口满足保护等级 IP5K5 要求。充电接口盖和接口分配情况如图 4-23 所示。

图 4-23　车辆上的充电接口（欧规）

1—定向照明装置　2—相位 L1 接口　3—接近导线接口　4—地线 PE 接口　5—控制导线接口
6—零线 N 接口　7—充电接口盖　8—未使用的接口

充电接口的高电压导线与电机电子装置相连，如图 4-23 所示相位 L1 和零线 N 采用带有屏蔽层的高电压导线设计，端部通过一个扁平高电压插头连接电机电子装置的交流电接口。控制导线和接近导线使用普通信号导线。这些信号导线也带有屏蔽层，端部连接充电接口模块 LIM 内的一个插头。地线在充电接口附近与车辆接地电气连接，通过这种方式使车辆接地。充电插头在宝马 i3 的充电接口上以电气方式锁止。

只要有充电电流流动，电气锁止功能就会一起启用。这样可以防止在承受负荷状态下（电流流动时）拔出充电电缆时产生电弧。

有一个 C 形光导纤维围绕在车辆充电接口周围，通过它可显示出充电状态。光导纤维通过两个由 LIM 控制的 LED 进行光导纤维照明。车上的充电接口只能与高电压导线作为一个单元一起更换。

充电接口模块 LIM 安装位置如图 4-24 所示。LIM 可实现车辆与充电站之间的通信。通过总线端 30F 为 LIM 控制单元供电。在 LIM 内带有一个用于 PT-CAN 的终端电阻。插入充电电缆时，LIM 可唤醒车辆车载网络内的控制单元。此外，还有一根导线直接由 LIM 控制单元连接至电机电子装置。只有当 LIM 控制单元通过该导线上的信号授权充电过程时，电机电子装置才会开始转换电压从而执行充电过程。

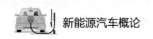

LIM 的主要任务是：①通过控制和接近导线与 EVSE 进行通信；②协调充电过程；③控制用于显示充电状态的 LED；④控制用于锁止充电接口盖的电机；⑤控制用于锁止充电插头的电机。

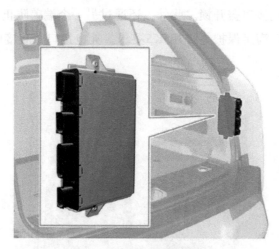

图 4-24　LIM 安装位置

 ## 任务 2　纯电动汽车的基本控制原理

学习目标

1. 能够描述纯电动汽车的基本驱动原理。
2. 能够描述纯电动汽车的技术特性。
3. 能够描述纯电动汽车的运行模式。

职业素养要求

1. 严格执行汽车检修规范，养成严谨科学的工作态度。
2. 养成总结训练结果的习惯，为下次训练积累经验。
3. 养成团结协作的精神。
4. 严格执行 5S 现场管理。

⚙ 任务与思考

1. 请查阅资料论述纯电动汽车如何驱动车辆，有什么样的特殊控制技术。

2. 请查阅资料后说明纯电动汽车的技术特性。

知识学习

纯电动汽车有别于传统汽车，纯电动汽车如何驱动车辆？又有什么样的特殊控制技术呢？以下将逐一介绍。

一、纯电动汽车的基本驱动原理

传统汽车驱动车辆是依靠内燃机做功，通过变速器改变输出动力的传动比及旋转方向，再通过传动轴驱动车轮。纯电动汽车的电力驱动系统替代了传统汽车的内燃机和变速器，依靠动力蓄电池、逆变器和电机变速单元实现车辆的驱动。

图 4-25 是纯电动汽车基本驱动系统结构示意图，当驾驶人踩下加速踏板时，车辆控制模块将控制动力蓄电池输出电能，然后通过控制逆变器驱动电机运转，驱动电机输出的转矩经齿轮机构带动车轮转动，实现车辆的前进或后退。

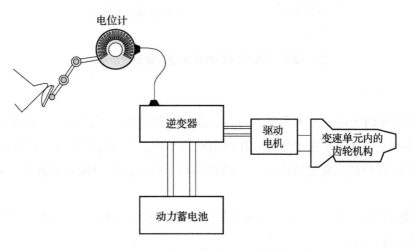

图 4-25　纯电动汽车基本驱动系统结构示意图

纯电动汽车动力传输工作原理如图 4-26 所示。

1. 基本驱动部件

纯电动汽车驱动系统主要的部件包括动力蓄电池、逆变器、带有电机的变速单元。图 4-27 是典型纯电动汽车驱动系统的原理示意图。在新能源汽车应用中，一般将动力蓄电池组和逆变器之间的电路单元称为 BDU（Battery Disconnecting Unit）。

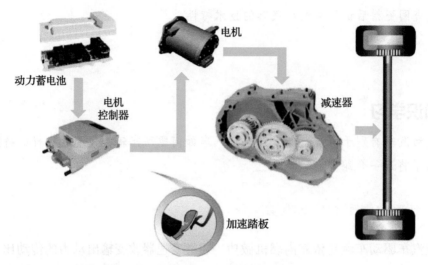

图 4-26 纯电动汽车动力传输工作原理

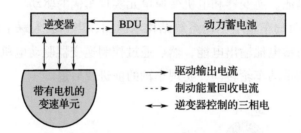

图 4-27 典型纯电动汽车驱动系统原理示意图

2.基本驱动过程

纯电动汽车的驱动动力来源是动力蓄电池，与传统汽车不同的是，来自动力蓄电池内的电能并不是一直处于输出状态。在纯电动汽车中，还设计有能够回收车辆制动时无用的能量并回收到动力蓄电池的机构。纯电动汽车驱动过程中能量的流动主要有以下 2 条路径：

（1）驱动车辆　驱动时来自动力蓄电池的能量通过 BDU、逆变器，再进入电机变速单元实现车辆驱动。

（2）回收制动能量　制动或车辆减速时，变速单元内的电机将变成发电机，将能量通过逆变器、BDU 传回动力蓄电池，为电池充电。

3.主要控制模块

纯电动汽车能够实现在不同路况环境下，快速反应并顺利驱动车辆满足驾驶人的需求，并不仅仅是依靠上述几个动力部件来完成的，整个驱动系统还需要一套完善的控制模块，即整车控制器（VCU）、电机控制器（MCU）和电池管理系统（BMS），这 3

个控制器是纯电动汽车的核心技术，对整车的动力性、经济性、可靠性和安全性等有着重要影响，如图 4-28 所示。图 4-29 所示为宝马 i3 整车控制单元布置图，其中，数字式发动机电气电子系统 EDME（整车控制器）、电机电子装置 EME（电机控制器）和蓄能器管理电子装置 SME（电池管理系统）是核心控制单元。

图 4-28 纯电动汽车主要控制模块

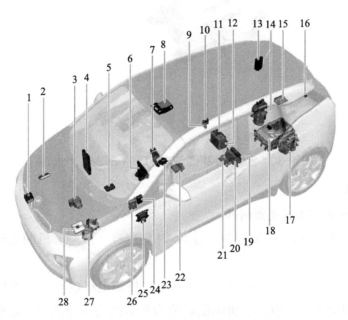

图 4-29 宝马 i3 整车控制单元安装布置图

1—车辆发声器 VSG 2—右侧前部车灯电子装置 FLER 3—动态稳定控制系统 DSC 4—车身域控制器 BDC
5—自动恒温空调 IHKA 或手动恒温空调 IHKR 6—组合仪表 KOMBI 7—选挡开关 GWS 8—车顶功能中心 FZD
9—触控盒 TBX 10—驻车操作辅助系统 PMA 或驻车距离监控系统 PDC 11—主控单元 HEADUNIT 12—选装配置
系统 SAS 13—充电接口模块 LIM 14—增程电机电子装置 REME 15—增程器数字式发动机电子系统 RDME
16—顶部后方侧视摄像机 TRSVC 17—便捷充电电子装置 KLE 18—电机电子装置 EME 19—放大器 AMP
20—远程通信系统盒 TCB 21—蓄能器管理电子装置 SME 22—碰撞和安全模块 ACSM 23—控制器 CON
24—燃油箱功能电子系统 TFE 25—数字式发动机电气电子系统 EDME 26—基于摄像机的驾驶人辅助系统 KAFAS
27—电子助力转向系统 EPS 28—左侧前部车灯电子装置 FLEL

（1）VCU

1）位置：通常安装在车身上，如驾驶舱内。

2）功能：全车动力系统的主控制模块，类似于传统汽车动力系统控制模块（PCM）的功能。

VCU 是实现整车控制决策的核心电子控制单元。VCU 通过采集加速踏板、档位、制动踏板等信号来判断驾驶人的驾驶意图；通过监测车辆状态（车速、温度等）信息，由 VCU 判断处理后，向动力系统、动力蓄电池系统发送控制命令，同时控制车辆其他系统的运行模式。图 4-30 所示为宝马 i3 纯电动汽车 VCU（EDME）的位置。图 4-31 所示为宝马 i3 纯电动汽车 VCU 输入 / 输出驱动控制装置，EDME 控制单元是驱动控制装置主要功能的主控单元和协调单元。

图 4-30　宝马 i3 纯电动汽车 VCU（EDME）的位置

（2）MCU

1）位置：通常位于逆变器内部。

2）功能：是电机的主控制模块，接收 VCU 信号，控制电机的运转方向、输出功率等。

MCU 通过接收 VCU 的车辆行驶控制指令，控制电机输出指定的转矩和转速，驱动车辆行驶，把动力蓄电池的直流电能转换为所需的高压交流电，并驱动电机输出机械能。

同时，MCU 还会利用传感器采集如下信息，并将运行状态的信息发送给整车控制器 VCU。这包括：

①电流传感器：用以检测电机工作的实际电流。

②电压传感器：用以检测供给逆变器工作的实际电压。

③温度传感器：用以检测电机控制系统自身的工作温度。

3）车上安装位置。图 4-32 所示为北汽新能源 EV200 的 MCU，位于前机舱内。

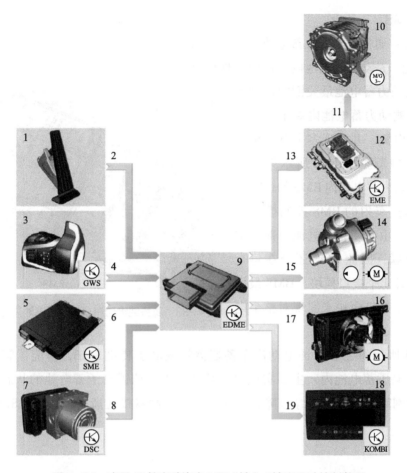

图 4-31　宝马 i3 纯电动汽车 VCU 输入 / 输出驱动控制装置

1—加速踏板模块　2—加速踏板角度信号　3—电子选档开关 GWS　4—电子选档开关操作信号
5—蓄能器管理电子装置 SME　6—有关高电压蓄电池充电状态和可用电功率的信号　7—动态稳定控制系统 DSC
8—有关行驶动力性状态（例如车速）的信号　9—数字式发动机电气电子系统 EDME　10—电机
11—电机绕组相电压　12—电机电子装置 EME　13—所需驱动力矩（电机 / 发电机运行模式）
14—电动冷却液泵　15—向电动冷却液泵提出的功率要求　16—电风扇　17—向电风扇提出的功率要求
18—组合仪表　19—有关电动驱动装置状态的显示信息和出现故障时的检查控制信息

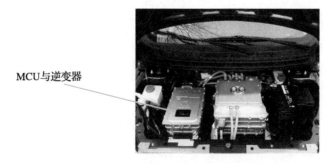

图 4-32　北汽新能源 EV200 的 MCU

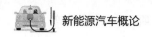
（3）BMS

1）位置：通常位于动力蓄电池组总成内部。

2）功能：是动力蓄电池内电池的管理模块。

BMS 是动力蓄电池最关键的控制模块，用于检测动力蓄电池内单个电池单元的电压、电流，并实现多个电池单元之间的均衡控制。图 4-33 所示为腾势纯电动汽车动力蓄电池内 BMS 的位置，通常纯电动汽车内的 BMS 控制模块只有 1 个，但是由于动力蓄电池内部由多个电池组串联，因此 BMS 还会在每个电池组上设计 1 个接口模块，BMS 最后通过管理每个接口模块来实现对整个电池的管理。

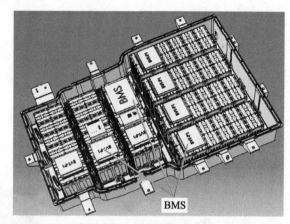

图 4-33　腾势纯电动汽车动力蓄电池内 BMS 的位置

图 4-34 所示为宝马 i3 纯电动汽车蓄能器管理电子装置 SME，蓄能器管理电子装置集成在高电压蓄电池内，主要实现以下功能：①监控锂离子蓄电池的状态；②监控高电压车载网络是否出现绝缘故障；③通过控制接触器接通高电压系统。SME 连接在 PT-CAN2 上。

图 4-34　宝马 i3 纯电动汽车蓄能器管理电子装置（SME）

二、纯电动汽车的技术特性

1. 高电压特性

纯电动汽车的主要特点是具有高电压。由于纯电动汽车的能源供给是动力蓄电池，因此车辆上很多系统的设计也是围绕动力蓄电池和高电压来实施的。

图 4-35 所示是典型纯电动汽车高电压部件结构示意图，动力蓄电池、逆变器、驱动单元、车载充电器、DC/DC 变换器，配有空调的车辆还有高压压缩机和 PTC 加热器等部件都通过橙色的高压电缆连接。为方便理解，我们将图 4-35 所示的实物图用图 4-36 进行示意。

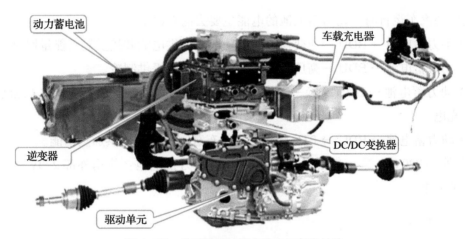

图 4-35 典型纯电动汽车高电压部件结构

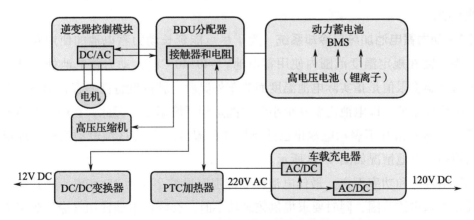

图 4-36 典型纯电动汽车高电压部件连接关系示意图

很多车辆在动力蓄电池附近或者靠近逆变器位置都设计有一个 BDU 部件，用于将来自动力蓄电池的电能并联分配到逆变器、高压压缩机、PTC 加热器以及车载充电器中。BDU 电能分配单元内部主要是继电器和电路，由车辆动力系统控制模块根据点火

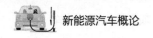

开关或充电需求控制对应继电器的接通和断开。图 4-37 所示是比亚迪 e6 的 BDU。

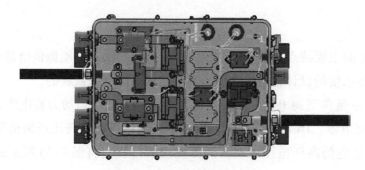

图 4-37　比亚迪 e6 的 BDU

纯电动汽车运行时，动力蓄电池的电能主要去向有以下 5 个：

1）动力蓄电池→ BDU →逆变器：为驱动电机提供电能并接受制动能量回收电能。

2）动力蓄电池→ BDU →高压压缩机：为车载空调提供制冷。

3）动力蓄电池→ BDU 交换→ DC/DC 变换器：为车辆低压电器提供电源和给 12V 蓄电池充电。

4）动力蓄电池→ BDU → PTC 加热器：为车载暖风系统提供加热功能。

5）外部 220V 电源→车载充电器→ BDU →动力蓄电池：使用外部 220V 电源为动力蓄电池充电。

2.冷却特性

纯电动汽车很多部件需要保持稳定的工作温度。大多数纯电动汽车设计有以下两个热交换系统。

（1）动力蓄电池加热与冷却系统　为了尽可能延长动力蓄电池的使用寿命并获得最大功率，需在规定温度范围内使用蓄电池。-40~40℃时，动力蓄电池处于可运行状态。但这些温度限值是指实际电池温度而非车外温度。就温度特性而言，动力蓄电池单元是一个惰性系统，即电池需要几个小时才能达到环境温度。因此，在极其炎热或寒冷的环境下短暂停留并不表示电池也已达到同样的温度。宝马 i3 纯电动汽车在规定温度范围内使用蓄电池情况如图 4-38 所示。

就使用寿命和功率而言，最佳电池温度范围明显缩小，为 25~40℃。尤其在电池温度持续显著超出该范围、同时要求提供较高功率时，会降低电池使用寿命。为了消除该影响并在任何车外温度条件下确保最大功率，宝马 i3 纯电动汽车的动力蓄电池单元带有自动运行的加热装置和冷却装置。

宝马 i3 标配用于动力蓄电池的冷却系统，将其接入空调系统制冷剂循环回路内。如果客户订购了选装配置 SA 494 驾驶人和前排乘客座椅加热装置，则其宝马 i3 也带有

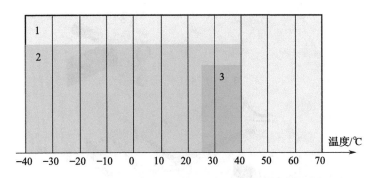

图 4-38　宝马 i3 纯电动汽车在规定温度范围内使用蓄电池情况

1——一般温度范围（储存区域）　2—动力蓄电池单元工作范围　3—动力蓄电池单元最佳工作范围

动力蓄电池加热装置，可利用电流的热效应对动力蓄电池进行加热。该加热装置包括控制装置位于动力蓄电池单元内部。车外温度或电池温度及所连充电电缆温度极低时，会根据需要自动启用加热装置从而对电池进行加热，通过这种方式可以明显改善极低温度下受限的功率输出并提高该行驶循环内的续驶里程。

采用风冷的动力蓄电池一般安装在车辆的底盘位置，当车辆行驶时，通过底盘流动的空气对动力蓄电池进行冷却，没有单独设计其他辅助部件，风冷结构形式如图 4-39 所示。

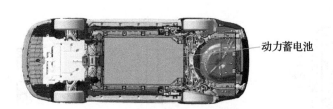

动力蓄电池

图 4-39　动力蓄电池风冷结构形式

采用水冷的动力蓄电池有一套较为复杂的冷却回路，如图 4-40 所示。当电池组温度过高时，利用空调系统运行先对电池组的冷却液进行降温，再冷却电池组；当电池组温度过低时，通过加热电池组内的冷却液来给电池组升温。需要注意的是，整个电池组的冷却液都是通过电动循环泵来保持循环的。

宝马 i3 的动力蓄电池单元直接通过制冷剂进行冷却。因此空调系统的制冷剂循环回路由两个并联支路组成。一个用于车内冷却，另一个用于动力蓄电池单元冷却。两个支路各有一个膨胀和截止组合阀，用于相互独立地控制冷却功能。蓄能器管理电子装置可通过施加电压控制并打开膨胀和截止组合阀。这样可使制冷剂流入动力蓄电池单元内，在此膨胀、蒸发和冷却。车内冷却同样根据需要来进行。蒸发器前的膨胀和截止组合阀同样可以电气方式进行控制，但由数字式发动机电气电子系统 EDME 进行控制。宝马 i3 动力蓄电池单元制冷剂循环回路如图 4-41 所示。

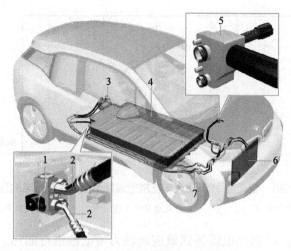

图 4-40　动力蓄电池水冷系统

1—膨胀和截止组合阀　2—连接动力蓄电池单元的制冷剂循环回路　3—电动制冷剂压缩机　4—动力蓄电池
5—用于车内冷却的膨胀阀　6—制冷剂循环回路内的冷凝器　7—制冷剂管路

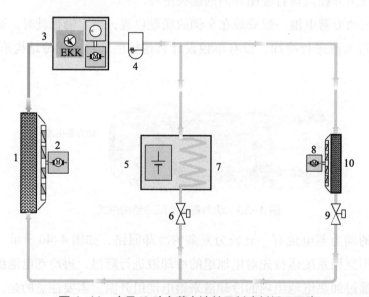

图 4-41　宝马 i3 动力蓄电池单元制冷剂循环回路

1—冷凝器　2—电风扇　3—电动制冷剂压缩机　4—干燥器瓶　5—动力蓄电池单元　6—膨胀和截止组合阀冷凝器
7—热交换器　8—车内鼓风机　9—车内膨胀阀　10—车内蒸发器

　　冷却时，电池将热量传至制冷剂。电池通过这种方式得以冷却，制冷剂蒸发。随后电动制冷剂压缩机将制冷剂压缩至较高压力水平，然后通过冷凝器将热量排放到环境空气中并以此方式使制冷剂重新变为液态聚集状态。这样可通过降低膨胀阀内的压力水平使制冷剂能够重新吸收热量，在较高车外温度和较高驱动功率（约 1000W）下产生冷却功率。

在电池模块下方带有铝合金平管构成的热交换器。它与内部制冷剂管路连接在一起，冷却时有制冷剂流过，实现冷却电池的功能。

（2）逆变器与电机的冷却 用于降低逆变器和电机工作时产生的高温，防止部件过热产生功能失效。例如，目前所采用的大多数永磁三相电机，当电机的温度超过一定值以后，其永磁转子的磁性会急剧下降，从而导致电机的输出功率降低。对电机或逆变器的冷却通常设计有两种方式，分别是水冷和风冷。图 4-42a 所示为水冷电机，电机的外壳设计有冷却水道；图 4-42b 所示为风冷电机，电机外壳上设计有很多的散热片。

a)   b)

图 4-42 电机冷却方式结构示意图

a）水冷电机 b）风冷电机

图 4-43 所示为宝马 i3 纯电动汽车驱动组件冷却系统输入和输出控制图。与其他宝马汽车的冷却系统相同，在宝马 i3 上也要根据冷却功率需求进行控制。该控制功能集成在数字式发动机电气电子系统 EDME 内。

以下输入信号用于控制：①电机组件温度；②电机电子装置组件温度；③便捷充电电子装置组件温度；④增程电机电子装置组件温度；⑤增程电机组件温度；⑥电动驱动装置内或便捷充电电子装置内当前转换的功率；⑦车速。

与传统汽车常用冷却系统不同，冷却液温度不作为控制功能输入参数使用。因此宝马 i3 电动驱动装置冷却系统内没有冷却液温度传感器，而是根据所列输入参数和当前冷却需求控制电动冷却液泵和电风扇。冷却液最高温度约为 85℃（电机回流管路），因此与宝马内燃机冷却系统相比，温度水平也较低。增程器冷却循环回路具有较高的温度。因此可通过冷却液热交换器降低增程器冷却循环回路内的冷却液温度。在宝马 i3 上进行冷却系统作业前，也必须采取常规预防措施。

在以下状态下，可以控制冷却液泵和电风扇：

①总线端 15 已接通，行驶准备已就绪。

②总线端 15 已接通，行驶准备未就绪。

③为动力蓄电池充电。

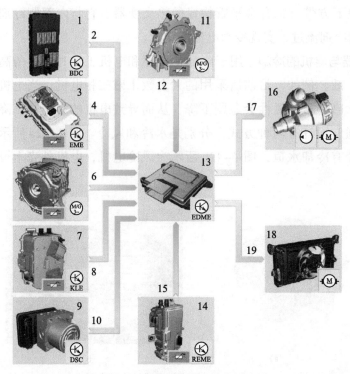

图4-43　宝马i3纯电动汽车驱动组件冷却系统输入和输出控制图（含增程器）

1—车身域控制器BDC　2—总线端状态信号　3—电机电子装置内的温度传感器
4—电机电子装置内供电电子装置的温度信号　5—电机内的温度传感器　6—电机内的温度信号
7—便捷充电电子装置内的温度传感器　8—便捷充电电子装置内的温度信号　9—动态稳定控制系统
10—车速　11—增程电机内的温度传感器　12—增程电机内的温度信号　13—数字式发动机电气电子系统
14—增程电机电子装置内的温度传感器　15—增程电机电子装置内的温度信号16—电动冷却液泵
17—电动冷却液泵功率要求　18—电风扇　19—电风扇转速要求

　　总线端15已接通时，电机电子装置的供电电子电路工作。借此通过DC/DC变换器为高电压车载网络（电动制冷剂压缩机和电气加热装置）和12V车载网络提供能量。如果根据在此产生的热量识别到冷却需求，就会接通冷却液泵，同时根据需要接通电风扇。

　　总线端15接通时可能会自动接通冷却液泵和电风扇。因此，打开机舱盖或进行冷却模块作业时必须关闭总线端15。

　　动力蓄电池充电期间，电机电子装置和便捷充电电子装置内的供电电子装置工作。由于电机电子装置和便捷充电电子装置内转换的电功率较大，所以也会产生热量，必须借助在此所述的冷却液循环回路排出热量。当充电期间电机电子装置和便捷充电电子装置内温度相对较高时，也会接通电动冷却液泵和电风扇。

　　动力蓄电池充电期间可能会自动接通冷却液泵及电风扇。因此，打开发动机舱盖进行冷却模块作业时不允许为动力蓄电池充电。

（3）**其他部件的冷却**　纯电动汽车中的其他部件有 DC/DC 变换器、车载充电器等，由于这些部件在工作时产生的热量较少，因此通常采用风冷的结构形式。图 4-44 所示的车载充电器壳体上设计有很多散热片。

图 4-44　车载充电器壳体上的散热片

三、纯电动汽车的运行模式

纯电动汽车的运行模式较为简单，主要包括动力运行模式和显示等附属模式。

1. 纯电动汽车的动力模式

纯电动汽车的主控模块是 VCU。纯电动汽车运行时，由整车控制器采集加速踏板和档位状态信息，来判断驾驶人的驾驶意图，并结合动力系统部件状态，协调动力驱动系统输出动力。另外，整车控制器还会同时协调动力蓄电池、热交换系统运行和仪表显示等辅助功能。

（1）**加速前进**　整车控制器读取换档信息及制动开关信号，根据加速踏板的位置信号，发送给逆变器来控制电机的功率和旋转方向的输出。

注意：当外部充电线连接在车辆上时，系统将禁止车辆移动。

（2）**减速与制动**　滑行或者减速时，整车控制器能够实现制动能量的回收。制动能量通过驱动电机转换为电能储存到动力蓄电池中。

注意：当 ABS 被激活或者 ABS 出现故障时，整车控制系统将关闭该功能。

（3）**运行中的动力模式管理**　整车控制器不间断利用传感器采集车辆状态，计算并输出期望的转矩。

动力蓄电池的 BMS 随时检测电池的运行状态，并及时传送给整车控制器，控制器

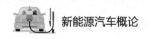

结合这些状态信息及当前的功率输出需求来平衡电能功率的使用，并通过仪表显示给驾驶人，如图 4-45 所示。

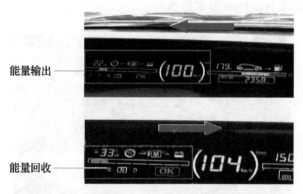

能量输出

能量回收

图 4-45　比亚迪 e6 动力模式在车辆上的显示

2. 纯电动汽车续驶里程的运行策略

针对城市出行设计的大多数纯电动汽车续驶里程都可达 120km。但是，在实际运行中，整车控制器还会持续计算剩余的电池能量和当前的驾驶模式，根据剩余的可用电能，车辆通常也会采取相应的提示和限制措施。下面介绍宝马 i3 纯电动驱动方式运行策略。

运行策略的任务是使动力蓄电池的使用寿命最大化并在运行期间防止动力蓄电池损坏，同时还应在行驶状态下以及充电期间满足所有客户要求。出现故障时的驱动装置性能也是运行策略的组成部分。EDME 是运行策略的主控控制单元。

宝马 i3 是针对城市出行设计的纯电动汽车。动力蓄电池和电机可提供出色的动力性能：

1）续驶里程超过 160km（20℃时）。

2）最大车速 150km/h（短时，3min）或 120km/h（持续）。

3）0—100km/h 加速时间 7.2s。

施加驱动转矩前，EDME 必须检查是否已建立行驶准备。此外，EDME 还会查询电动传动系统是否正常运行，这也是提供驱动力矩的一项前提条件。最后，EDME 还必须考虑用于驱动车辆的可用电功率，该功率主要通过动力蓄电池状态进行确定。SME 控制单元通过相应总线电码将该状态发送至 EDME 控制单元。作为检查结果，EDME 确定是否能够以及在何范围内提供驱动力矩。出现故障或使用受限时，EDME 就会通过组合仪表发出一条相应的检查控制信息。表 4-4 列出并简要说明了与客户、维修人员有关的运行策略相关状态。

表 4-4　与客户、维修人员有关的运行策略相关状态表

状态	特点	原因/条件	显示
不受限行驶	电动驱动装置全部功率用于车辆加速。可最大限度地进行制动能量回收利用。全部空调功能全部均可使用	动力蓄电池充电状态处于最佳范围内。动力蓄电池温度处于最佳范围内	正常功能显示，如动力蓄电池充电状态，加速或减速时的驱动功率
以有限驱动功率行驶	降低驱动功率以保护组件。可能无法再提供全部空调功能	动力蓄电池电量过低。动力蓄电池温度过低或更高	
高电压系统已停用	由于高电压系统无法再提供能量，因此电动驱动装置和空调功能不再运行	高电压系统切换为无电压。动力蓄电池完全放电或损坏	
车辆静止时进行空气调节	对车内空间和动力蓄电池进行加热或冷却	客户在车上或通过"MyBMW i Remote App"启用功能。通过充电电缆将车辆连接到交流电压网络上	在中央信息显示屏和 IHKA 显示屏内显示
无法进行制动能量回收利用	松开踏板时，不通过电动驱动装置使车辆减速	动力蓄电池无法吸收电能（例如已充满电或电池温度不允许）	

图 4-46 所示为宝马 i3 纯电动汽车中运行策略图，体现电量控制策略，即图 4-46 显示的动力蓄电池 SOC（横坐标百分比表示的是 SOC）与车辆的运行模式关系。

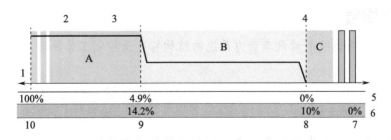

图 4-46　宝马 i3 纯电动汽车中运行策略图

A—可不受限行驶的范围　B—以有限驱动功率行驶的范围　C—无法行驶的范围
1—计算的动力蓄电池荷电状态（SOC）　2—剩余续驶里程 20km 警告　3—剩余续驶里程 10km 警告
4—剩余续驶里程不足 1km 警告　5—SOC 相对值轴　6—SOC 校对值轴　7—动力蓄电池 SOC　0%（绝对值）
8—动力蓄电池 SOC　10%（绝对值）或 0%（相对值）
9—动力蓄电池 SOC　14.2%（绝对值）或 4.9%（相对值）　10—动力蓄电池 SOC　100%（相对值）

图 4-46 显示了动力蓄电池的相对和绝对荷电状态（SOC）。绝对值表示动力蓄电池的实际充电状态。相对值为组合仪表或 CID 内所显示数值。

在区域"A"，可不受限行驶或提供全部舒适功能。动力蓄电池 SOC 接近约 5% 时，就会输出续驶里程 20km 或 10km 检查控制信息。

在区域"B"，由于动力蓄电池充电状态较低因此会降低动力传动系统内的功率输出，在此情况下会关闭空调系统。

当 SOC 绝对值降至 10% 以下时，无法再继续行驶，必须保留 10% 从而为客户提供足够的时间进行动力蓄电池充电并防止深度放电。

任务 3　纯电动汽车的驱动方式

学习目标

1. 能够描述纯电动汽车的基本驱动原理。

2. 能够描述纯电动汽车的技术特性。

3. 能够描述纯电动汽车的运行模式。

职业素养要求

1. 严格执行汽车检修规范，养成严谨科学的工作态度。

2. 养成总结训练结果的习惯，为下次训练积累经验。

3. 养成团结协作的精神。

4. 严格执行 5S 现场管理。

⚙ 任务与思考

1. 请参阅资料简述纯电动汽车动力系统的结构特点及控制工作原理。

2. 请查阅资料回答纯电动汽车动力系统包括哪些基本功能。

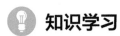 知识学习

纯电动汽车（Battery Electric Vehicle，BEV）是采用电动机作为牵引装置，并应用化学蓄电池组、超级电容器等蓄能装置给电动机提供电能。纯电动汽车与传统内燃机汽车相比有明显的优点，如低能耗、零排放、高效率、低噪声、运行平稳等。但是由于蓄能装置能量密度的限制，导致整车续驶里程较短，再加上充电基础设施建设不健全，因此纯电动汽车适合行驶于路线相对固定、配套设施较完善的城市区域。

一、纯电动汽车动力系统结构

在图4-47所示的新能源汽车动力系统框图中，将内燃机、燃油箱、内燃机控制器和机械耦合装置去掉就形成了纯电动汽车动力系统框图，由此可以看出，纯电动汽车动力系统是一个相对比较简单的系统。图4-47中的驱动子系统和电源子系统构成了纯电动汽车动力系统，可简化为如图4-48所示。

从图4-48中可以看出，纯电动汽车动力系统由整车控制器、电机控制器、电动机、传动装置、动力蓄电池、电池管理系统及外接充电控制单元组成。纯电动汽车与传统内燃机汽车动力系统结构上的主要区别有两个方面：一是用电动机、电机控制器代替

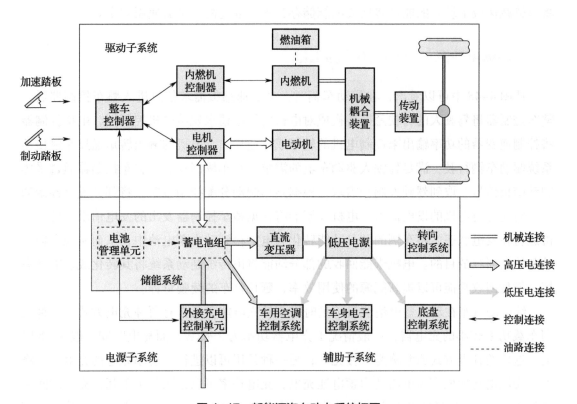

图4-47 新能源汽车动力系统框图

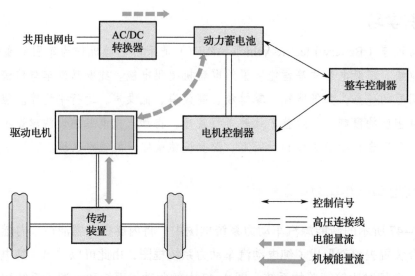

共用电网电 —— AC/DC转换器 →→ 动力蓄电池 → 整车控制器

驱动电机 — 电机控制器

传动装置

→ 控制信号
══ 高压连接线
⇢ 电能量流
⟷ 机械能量流

图4-48 纯电动汽车动力系统框图

内燃机及内燃机控制器；二是用动力蓄电池及电池管理系统代替传统内燃机汽车的燃油箱及供油系统。传统内燃机汽车不能将车辆减速或下坡时的能量回收，只能将这些能量通过机械摩擦转化成热量散失掉，而纯电动汽车可以利用电机及电机控制器的双向特性将车辆减速或下坡时的能量转换成电能储存起来，以提高能量的使用效率。

二、纯电动汽车动力系统控制工作原理

从图4-48中可以看出，在驱动车辆时，当加速踏板需求信息进入整车控制器后，整车控制器将驾驶人的驾驶意图转换成对电机的转矩请求发给电机控制器，电机控制器将控制逆变器的功率输出来控制电机的转矩或转速输出，电机的输出转矩通过车辆传动系统驱动车辆行驶，满足驾驶人驱动车辆的需求。在车辆制动时，整车控制器通过采集制动踏板信号获取到驾驶人制动需求，根据整车制动分配控制策略，将部分或全部制动需求转化为对电机的发电请求，电机控制器将根据整车控制器发出的发电请求，控制电机运行在发电状态，将车辆的部分动能转化为电能存到动力蓄电池中，从而实现车辆制动和能量回收的目的。电机未能回收的部分动能将由传统制动系统将其转化成热能散失掉。能量回收功能可以提高能源的使用效率，延长整车的续驶里程。

纯电动汽车在动力蓄电池能量不足时需要补充电能，通常有两种充电方式：一种是用车载功率较小的充电器，一般情况下充电器功率为2~6kW，而充电时间一般为4h以上，这样的补电方式通常称为"慢充"；另一种是用可以进行大功率充电的充电站，将电网交流电转换成直流电给动力蓄电池充电，充电功率可以达到几十千瓦，充电时间一般低于30min，这样的补电方式通常称为"快充"。慢充适用范围较广，如新建了专用

慢充充电桩的停车场或配有家用插座的停车场等场合，用慢充连接线将车载充电器与电网连接实现对车载动力蓄电池充电，一般在夜间电网用电低峰时给车辆充电成本更低。快充方式只适用于提供快充服务的充电站，快充最大的好处是充电时间短，缺点是基于目前的动力蓄电池技术条件，快充会影响动力蓄电池使用寿命。动力蓄电池在充放电过程中，电池管理单元将随时监控动力蓄电池的状态，控制充放电过程，保证动力蓄电池健康安全运行。另外，在车辆停车充电时，为了保证车辆及人身安全，整车控制器将不响应驾驶人驾驶车辆的请求。

在车辆运行过程中，辅助子系统将和动力系统协同完成对转向系统、车用空调系统、车身电子控制系统、底盘电子控制系统的控制。例如空调的制热/冷、底盘稳定性转矩干涉、制动稳定性控制（尤其是制动能量回收时）、低压能源管理等。

图 4-49 所示为比亚迪 e5 纯电动汽车工作原理。电源接通，汽车前进行驶时，主控 ECU 接收档位控制器、加速踏板和角度传感器等信息，传递给电机控制器，从而控制流向前驱电机的电流。此时电池组电流通过应急开关、配电箱/继电器之后，一路经过电机控制器向前驱电机供电使电机运转，再经过变速器/差速器和传动轴带动两个前轮行驶；另一路经 DC/DC 变换器，将电池组 330V 的高压直流电转换为低压 12V 供整车用电设备使用。同时电池组接受电池管理器的监控，监控电池组的瞬时电压、电流、温度、储存电量等情况，以防止电池组过放电或温度过高损坏电池组。如果发生漏电情况，漏电保护器将发挥作用。一旦发生短路等紧急情况，串联在电池组中的熔丝熔断实现保护作用。当电池组电量不足时，在停车情况下可通过直流充电站或 220V 交流充电桩（插座）分别经过充电口或车载充电器（AC/DC 变换器）、配电箱/继电器、应急开关到电池组进行充电。

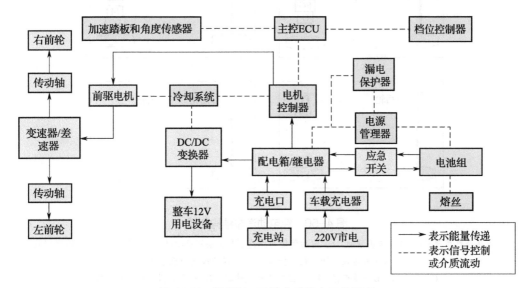

图 4-49　比亚迪 e5 纯电动汽车工作原理

三、常见纯电动汽车动力系统结构举例

由于纯电动汽车电驱动特性的多样性，纯电动汽车有多种动力系统架构，图4-50为常见的几种BEV结构形式。图4-50a中，电动机、固定速比的变速器和差速器一起，构成了纯电动汽车的动力系统。该动力系统结构利用电动机低速阶段恒转矩和大范围转速变化中所具有的恒功率特性；基于这一替换，动力系统对离合器的要求也降低，从而可以取消离合器；这样的好处是可以减小机械传动装置的体积和质量，简化驱动系统控制；但该系统结构的缺点是无法对变工况下电动机工作点效率进行优化，同时为满足车辆加速、爬坡和高速工况要求，通常需要选择较大功率的电动机。

图4-50b中，电动机替代了传统内燃机汽车中的内燃机，并与离合器、变速器及差速器一起，构成了类似传统汽车动力驱动系统。电动机代替内燃机输出驱动力，通过离合器可以实现电动机驱动力与驱动轮的断开或连接，变速器提供不同的传动比，以变更转速 – 功率（转矩）曲线匹配载荷的需求，差速器是实现转弯时车辆两侧车轮以不同转速驱动。

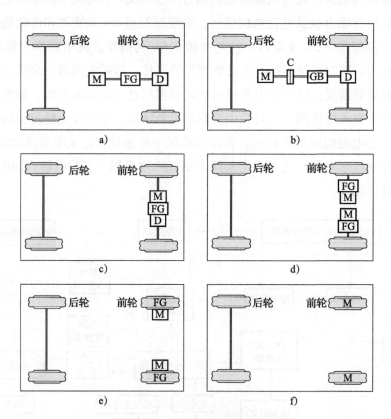

图4-50 纯电动汽车结构形式

a）无离合器单档驱动　b）传统驱动　c）传动装置与差速器集成固定档驱动　d）双电动机带轴固定档驱动

e）双电动机固定档直接驱动　f）双轮毂电动机驱动

C—离合器　D—差速器　FG—固定速比减速器　GB—变速器　M—电动机

图 4-50c 中，电动机、固定速比的减速器和差速器进一步集成，甚至可以组合成单个部件，与车轮相连的半轴直接与该组合体相连，驱动系统进一步简化和小型化。在目前的纯电动汽车中。这是最常见的一种驱动形式。

图 4-50d 中，机械差速器被取消，驱动车辆是靠两个电动机分别通过固定速比减速器驱动各自侧的车轮，车辆转弯时靠电子差速器控制电动机以不同转速运转，从而实现车辆正常转弯。

图 4-50e 中，驱动电机和固定速比的行星齿轮减速器被安装在车轮中，这种驱动系统称为轮式驱动系统，这样可以进一步简化驱动系统。该驱动系统中行星齿轮减速器的主要作用是降低电动机的转速并增大电动机的转矩。

图 4-50f 中，完全舍弃了电动机和驱动轮之间的机械连接装置，用电动机直接驱动车轮，电动机的转速控制即车速控制。这样的驱动系统结构对电动机提出了特殊要求，如车辆在加速或减速时要具有高转矩特性，这样的电动机一般选用低速外转子型电动机。

下面再介绍一种特殊的纯电动汽车动力驱动结构——双电动机四轮驱动系统。

对于双电动机四轮驱动的纯电动汽车而言，前轮和后轮都是由电动机通过差速器来驱动，在不同工况下可以使用不同的电动机驱动车辆，或是按照一定的转矩分配比例联合使用两台电动机共同驱动车辆，从而使得驱动系统效率最大。该驱动系统结构形式如图 4-51 所示。

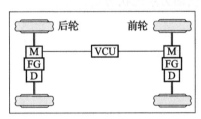

图 4-51　双电动机四轮驱动系统结构
D—差速器　FG—固定速比减速器
M—电动机　VCU—整车控制单元

四、纯电动汽车动力系统基本功能

前面已经介绍了纯电动汽车动力系统的结构和工作原理，下面将对动力系统的主要功能作简单介绍。除了具有混合动力汽车系统的主要功能（例如纯电动爬行、驾驶人意图识别、智能热管理、低压智能充电及整车高压上下电管理）外，纯电动汽车还有如下特殊功能。

1. 外接智能充电功能

1）车载充电（慢充）功能。车载充电功能是使用车载充电器对动力蓄电池进行充电。充电过程中，电池管理系统将根据充电器状态信息和电池状态信息对充电过程进行监控管理。先进的动力蓄电池管理系统还可以在充电过程中实现对电芯的平衡管理，以保证电芯的一致性。

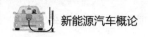

2）快充功能。快充功能是利用充电站对动力蓄电池进行直流充电。根据国标定义，快充流程包括四个阶段：握手阶段、配置阶段、充电阶段和充电结束阶段。与车载充电器充电过程不同的是，快充过程由充电站和电池管理系统共同管理。

2. 故障诊断功能

纯电动汽车在工作的整个过程中都会对动力系统的各种故障进行诊断，如电机故障、电池故障、高压安全故障、DC/DC变换器故障等，且根据故障状态确定动力系统的合理响应行为，以保证动力系统合理、安全地运行。

3. 辅助功能

纯电动汽车动力系统还支持整车其他与动力系统相关的辅助子系统，如根据动力系统状态输出对空调系统电动压缩机（EAC）和电加热器的限制，向仪表提供动力系统状态信息，响应电子稳定系统（ESP）转矩干涉请求，给电子驻车制动（EPB）和ESP提供动力系统状态信息等。

项目五 新能源汽车功能操作指南

任务 1 纯电动汽车显示系统功能指南

学习目标

熟悉纯电动汽车的技术特点。

职业素养要求

1. 严格执行汽车检修规范,养成严谨科学的工作态度。
2. 养成总结训练结果的习惯,为下次训练积累经验。
3. 养成团结协作的精神。
4. 严格执行 5S 现场管理。

任务与思考

1. 请查阅资料阐述纯电动汽车仪表指示灯及显示功能与传统汽车的区别。

2. 请查阅资料了解宝马 i3 CID 主菜单的结构。

知识学习

（一）纯电动汽车组合仪表功能指南

纯电动汽车组合仪表设计外观、安装位置与传统汽车相同，但是在仪表指示灯及显示功能上与传统汽车有区别，主要表现在：

1）取消了发动机转速表，增加了功率输出表。

2）取消了原有的燃油位置表，增加了电池电量表。

3）取消了原来与发动机有关的一些故障警告灯，如机油压力、水温警告灯等，新增动力蓄电池温度、电机温度等警告灯。虽然纯电动汽车的车型较多，组合仪表的设计风格也多种多样，但是其内部指示灯及显示的基本参数是相同的。下面以宝马 i3 组合仪表（见图 5-1）为例来介绍纯电动汽车组合仪表的特点。

图 5-1　宝马 i3 组合仪表

1. 组合仪表结构

宝马 i3 的行驶和运行状态以及动力蓄电池充电状态在组合仪表内或者根据要求在中央信息显示屏内显示。

宝马 i3 的组合仪表安装在转向柱上。宝马 i3 组合仪表的显示特点包括通过 LED 为固定式警告灯照明，以及在中央区域有一个 TFT（Thin Film Transistor，薄膜场效应晶体管）显示屏可显示不断变化的信息。在组合仪表内装有一个小扬声器，该扬声器可在显示检查控制信息时发出声音，并在启用转向信号灯时发出声音反馈信号。

1）左侧有一个按钮，通过该按钮可使日行驶里程表复位或调出服务功能。

2）组合仪表始终要整体更换。

3）不通电时，组合仪表的整个显示区域变黑。

2. 欧规车辆的组合仪表

欧规车辆的组合仪表如图 5-2 所示。

上部固定式指示灯为驾驶人提供对于其来说重要的车辆信息（转向信号灯、车灯、定速巡航控制系统等）。下部固定式指示灯显示与安全相关的信息（ABS、安全带警告、安全气囊等）。中央 TFT 显示屏内主要显示动力信息（例如车速、动力蓄电池充电状态、剩余可达里程等），组合仪表 TFT 显示屏如图 5-3 所示。

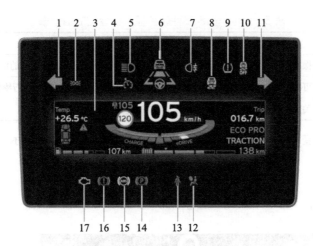

图 5-2 欧规车辆的组合仪表

1—左侧转向信号灯 2—自动行车灯 3—TFT 显示屏 4—定速巡航控制系统 5—远光灯
6—堵车辅助系统 7—后雾灯 8—动态稳定控制系统 9—轮胎压力监控系统
10—动态稳定控制系统已停用，动态牵引力控制系统已启用 11—右侧转向信号灯 12—安全气囊警告灯
13—安全带警告 14—驻车制动器 15—制动防抱死系统警告灯
16—制动系统警告灯 17—带增程器的发动机功能

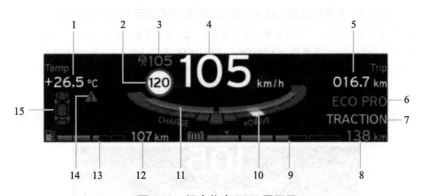

图 5-3 组合仪表 TFT 显示屏

1—车载计算机显示（车外温度、平均耗能量、总里程表等） 2—限速信息 3—设置车速 4—当前车速
5—日行驶里程表 6—行驶模式（COMFORT、ECO PRO、ECO PRO+） 7—DSC 状态 8—电动行驶可达里程
9—动力蓄电池充电状态（蓝色：可达里程充足；黄色：可达里程较小；白色：增程器启用）
10—电动行驶（eDRIVE）显示区域（通过白色指针显示当前耗能程度）
11—制动能量回收利用（充电）显示区域 12—使用增程器时的可达里程（仅限带有增程器的车辆）
13—燃油表（从动力蓄电池获取能量时为灰色，增程器启用时为白色）
14—检查控制警告 15—检查控制符号

在行驶模式下通过白色指针向驾驶人显示从动力蓄电池获取多少电能用于电动行驶
（eDRIVE）或回收利用多少能量（充电）。车辆静止且行驶准备接通时（例如等交通
灯时），白色指针位于中部且 TFT 显示屏内显示"准备"。像其他宝马车型一样，在
宝马 i3 上也通过三种颜色显示检查控制信息，见表 5-1。

表 5-1 宝马 i3 三种颜色显示检查控制信息表

检查控制信息颜色	含义
白色	操作后可不受限继续行驶。操作错误时有关系统状态或操作说明的信息。无须维修
黄色	可在有限条件下继续行驶。轻微/中等程度故障或警告。需要进行维修
红色	关闭并停车。严重故障或危险。需要进行维修

图 5-4 所示为宝马 i3 车辆静止且行驶状态接通时的显示屏显示（不使用增程器，即纯电动汽车）。

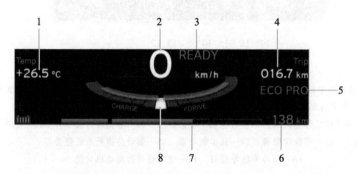

图 5-4 车辆静止且行驶状态接通时的显示屏显示（不使用增程器）

1—车载计算机显示（车外温度、平均耗能量、总里程等） 2—当前车速 3—"准备"（显示准备已接通）
4—日行驶里程表 5—行驶模式（COMFORT、ECOPRO、ECO PRO+） 6—电动行驶续驶里程
7—动力蓄电池充电状态（蓝色：续驶里程充足；黄色：续驶里程较小；白色：增程器启用）
8—中部白色指针表示车辆静止（不消耗能量、不进行能量回收利用）

图 5-5 所示为宝马 i3 车辆 TFT 显示屏内的续驶里程显示，取决于车辆配置。

图 5-5 宝马 i3 车辆 TFT 显示屏内的续驶里程

1—动力蓄电池符号 2—动力蓄电池当前充电状态 3—当前续驶里程

将充电电缆连接车辆且车辆未运行时，在 TFT 显示屏内显示以下信息，如图 5-6 所示。

3. 国家规格

不同国家型号车辆所用固定式指示灯和 TFT 显示屏显示可能会有所不同。TFT 显示屏内显示信息的不同之处首先在于显示单位不同。美规宝马 i3 汽车的组合仪表如图 5-7 所示。

图5-6　连接充电电缆且车辆未运行时的 TFT 显示屏显示

1—充电电缆已连接　2—规定充电结束时间（目标充电）　3—动力蓄电池充满电后的最大续驶里程
4—计时器设置已启用　5—预先空气调节已启用　6—以当前动力蓄电池充电状态的电动续驶里程
7—动力蓄电池的充电状态　8—日期

图5-7　美规宝马 i3 汽车的组合仪表

1—TFT 显示屏　2—驻车制动器　3—防抱死制动系统警告灯　4—制动系统警告灯

中国规格车辆的组合仪表还包括中国法规所要求的附加固定式指示灯，如图 5-8 所示。

图5-8　中国规格宝马 i3 汽车的组合仪表

1—正在为动力蓄电池充电　2—建立行驶准备　3—汽车总体故障（系统故障）　4—充电电缆已连接
（交流电或直流电）　5—电机或供电电子装置过热　6—动力蓄电池的充电状态

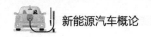
4. 服务功能

长按复位按钮（10s 以上）可在 TFT 显示屏内调出以下服务功能：

1）识别。

2）系统测试。

3）转鼓模式。

4）解锁测试功能，通过短促按压按钮（5s 以内）调出各菜单。

只有前三项测试功能可以自由启用。从第四项测试功能开始，所有其他测试功能均处于锁止状态。通过输入底盘编号最后五个数字之和来启用测试功能。按压按钮 5~10s 可打开带有 CBS 项目的菜单。

（1）转鼓模式

转鼓试验台可用作功率试验台或制动试验台。试验时，可根据待查系统启用转鼓模式。可通过组合仪表启用转鼓模式，如图 5-9 所示。

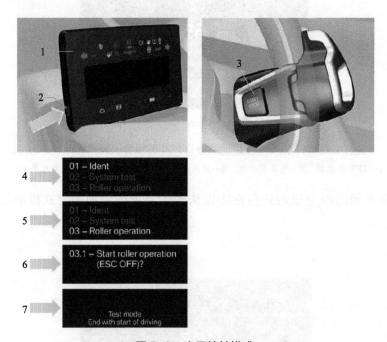

图 5-9　启用转鼓模式

1—组合仪表　2—复位按钮　3—START-STOP 按钮　4—按压复位按钮约 10s 后组合仪表内的显示
5—标记转鼓模式（短促按压复位按钮 2 次）后组合仪表内的显示　6—选择转鼓模式（长按复位按钮）
后组合仪表内的显示　7—启用转鼓模式后组合仪表内的显示

（2）启用转鼓模式

1）接通总线端 15，接通组合仪表。

2）按压复位按钮 10s，随后出现要求选择不同功能的子菜单。

3）短促按压复位按钮 2 次，对转鼓模式进行标记。

4）长按复位按钮，选择转鼓模式。

5）短促按压复位按钮，启用转鼓模式。

可通过切换总线端以手动方式停用转鼓模式或通过离开转鼓自动停用。自动停用转鼓模式时对车辆转向角、纵向加速度和横摆率进行分析。超过符合正常行驶状态的存储值时，就会自动关闭转鼓模式。停用转鼓模式的识别标志是文本信息"开始行驶时测试模式结束"熄灭。只能通过切换总线端恢复动态稳定控制系统 DSC 的完整功能，如图 5-10 所示。

图 5-10　DSC 指示和警告灯

二、中央信息显示屏内的显示

宝马 i3 CID 主菜单结构与当前带有高级主控单元的 BMW 汽车 CID 主菜单结构相同，如图 5-11 所示。

宝马集团在设计方面进行了修改并针对宝马 i 设计进行了相应调整。子菜单"车辆信息"和"设置"中的一些功能为新功能。

图 5-11　宝马 i3 CID 主菜单

1. 子菜单"车辆信息"

在所有车辆运行状态下，均可在 CID 内显示能量流 / 动力传递路线以及动力蓄电池充电状态。这样可使驾驶人总体了解在充电期间以及不同行驶状态下能量回收利用时的高电压系统工作原理。可在 CID 内通过菜单选择"车辆信息→ eDRIVE"调出显示，如图 5-12 所示。

上部显示条显示行驶期间平均消耗的能量。下部显示条显示行驶期间平均回收利用的能量。

一个显示条表示 1min。显示条高度说明使用 / 回收利用的能量情况。根据所选的耗电量单位，Y 轴（能量轴）单位也相应为 kW・h/100km、miles/kW・h 或 km/kW・h。Y 轴最大刻度也会随之改变，见表 5-2，通过显示条上方的一条线和图表右侧的数值表示

eDrive 系统的平均耗能量。

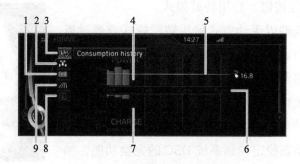

图 5-12　耗电量历史记录显示

1—选择能量分配显示　2—选择能量流显示　3—选择耗电量历史记录显示　4—电动行驶显示区域
5—平均耗能量（电能）　6—时间轴（针对最近 16min）　7—能量回收利用显示区域　8—选择 ECO 提示显示
9—选择驾驶风格分析显示

表 5-2　显示条高度说明使用 / 回收利用的能量情况

所选单位	电动行驶最大刻度	能量回收利用最大刻度
kW·h/100km	50	20
miles/kW·h	6	20
km/kW·h	10	30

驱动车辆时从动力蓄电池获取能量。在选择菜单中选择"电动行驶 / 能量回收利用"时，会在 CID 内通过动画形式的蓝色箭头显示从动力蓄电池通过电动驱动装置至后车轮的能量流。此外，还会在车辆符号下方出现文本信息"eDRIVE"。动力蓄电池分五个区段亮起，根据充电状态填充相应区段。在图 5-13 中，所有五个区段均完全亮起，相当于达到 100% 的充电状态。

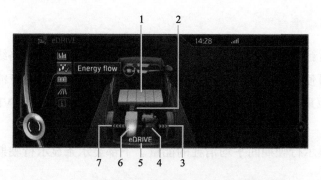

图 5-13　电动行驶和能量回收利用期间的能量流显示

1—动力蓄电池的充电状态　2—动力蓄电池至电机的能量流　3—电动驱动装置至右后车轮的动力传递
4—增程器符号　5—当前行驶情况的文本信息"eDRIVE"　6—电动驱动装置
7—电动驱动装置至左后车轮的动力传递

在能量回收利用期间，动画形式的箭头朝相反方向即从后车轮通过电动驱动装置向动力蓄电池运动。此外，还会在车辆符号下方出现文本信息"充电"。

能量分配显示向驾驶人说明动力蓄电池的当前充电状态、接通附加用电器时的能量需求以及可通过关闭附加用电器提高续驶里程，如图 5-14 所示。

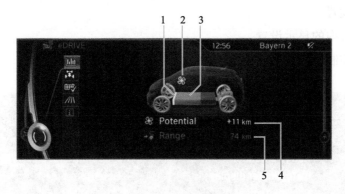

图 5-14　能量分配显示

1—所接通附加用电器的能量需求　2—所接通附加用电器的符号（空调系统、座椅加热装置等）
3—电动行驶可用能量　4—关闭附加用电器后的节能潜力　5—动力蓄电池可提供能量时的续驶里程

驾驶风格分析显示由路线符号和数值表组成，如图 5-15 所示，在 ECO PRO 模式下提供该功能。系统可为形成非常高效的驾驶风格并节约能量提供支持，为此对驾驶风格进行分析。按照不同的加速和预判驾驶类型进行分析并在 CID 内进行显示，通过该显示可以节能方式调整各驾驶方式。可通过高效驾驶方式提高车辆续驶里程。

道路表示驾驶方式的效率。驾驶方式效率越高，所示路线越平。数值表内包括星形符号。驾驶方式效率越高，表中的星形符号越多。驾驶方式效率较低时，则显示比较颠簸的道路和数量较少的星形符号。行驶期间通过显示 ECO PRO 提示可为高效驾驶方式提供支持。

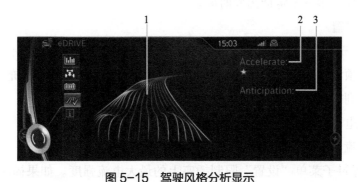

图 5-15　驾驶风格分析显示

1—驾驶风格示意图　2—轻柔加速奖励星　3—预判驾驶奖励星

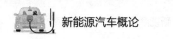

2. 子菜单"设置"

在子菜单"设置"内，除以前常用的设置外还带有以下设置：

1）出发时设置。

2）充电设置。

3）增程器设置。

4）组合仪表内的显示设置。

5）牵引力控制设置。如图 5-16 所示。

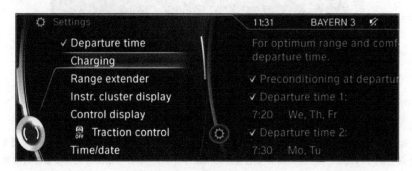

图 5-16　子菜单"设置"

（1）出发时设置

驾驶人可对充电过程进行控制，使该过程在出发时结束。设置出发时间时可设置对车辆进行预空气调节。这样可在开始行驶前便对车内空气预先进行调节（加热或冷却）。通过这种方式可减小行驶期间用于空气调节的能量需求，从而提高续驶里程。

可进行以下出发时设置：

1）出发时进行空气调节。

2）计划一个单次出发时间。

3）计划每周最多三个定期出发时间。

（2）充电设置

在子菜单"充电设置"内，驾驶人可进行以下设置，如图 5-17 所示：

1）启用选项"立即充电"，即连接充电电缆后立即为动力蓄电池充电。

2）设置有利充电时间窗。

3）设置充电电流。

4）设置交流电快速充电电缆充电。

驾驶人可通过子菜单"设置"限制插座上的最大电流强度。如果插座上的电流强度不够或不明，建议调节为"减小"或"较低"电流强度。

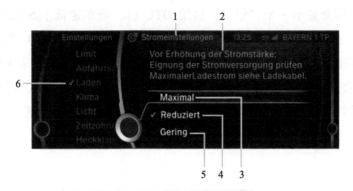

图 5-17 子菜单"充电设置"

1—子菜单"电流设置" 2—提示文字"提高电流强度前：检查供电能力。最大充电电流参见充电电缆"
3—"最大"充电电流 4—充电电流"减小" 5—"较低"充电电流 6—子菜单"设置 –> 充电"

（3）增程器设置

在子菜单"增程器"内，驾驶人可通过选择选项"保持充电状态"起动增程器，如图 5-18 所示。这样可使动力蓄电池的充电状态保持在某一水平，之后由增程器提供行驶所需能量。动力蓄电池的充电状态低于 75% 时，才能起动增程器。

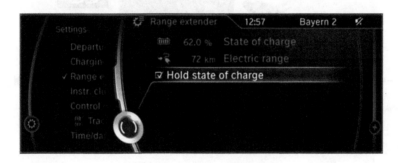

图 5-18 子菜单"增程器"

（4）组合仪表内的显示设置

在该菜单内，驾驶人可选择在组合仪表 TFT 显示屏上显示以下信息：

1）可达里程（车载计算机）。

2）平均耗能量（车载计算机）。

3）当前耗能量（车载计算机）。

4）平均车速（车载计算机）。

5）限速信息。

（5）牵引力控制设置

与以往不同，现在无法通过一个按钮来启用或停用动态牵引力控制系统 DTC，而是必须通过控制器在中央信息显示屏 CID 内进行选择，如图 5-19 所示。

启用 DTC 后会显示一个"√"。启用 DTC 后，当车速低于 50km/h 时车轮打滑限值会向上移动。这样 DTC 可提高在松软路面上的驱动力，因为 DSC 单元在很长时间后才会进行驱动轮磨合制动。不过，这样会降低行驶稳定性。组合仪表 KOMBI 内的 DSC 指示和警告灯会提示驾驶人注意这种情况。当车速超过 50km/h 时，打滑限值自动复位为标准值。之后，车速低于 50km/h 时，会重新启用较高打滑限值并出现相应情况，切换总线端后就会停用 DTC。

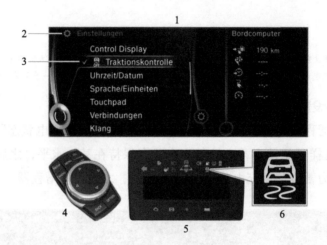

图 5-19　在宝马 i3 上启用 DTC

1—中央信息显示屏 CID　2—"设置"菜单　3—动态牵引力控制系统 DTC　4—控制器
5—组合仪表 KOMBI　6—DSC 指示和警告灯

三、智能手机内的显示

宝马 i3 客户可通过智能手机获得很多可在其车上使用的遥控功能。借助 My BMW i Remote App 客户在车外也能获得有关动力蓄电池充电状态、车辆续驶里程、动力蓄电池剩余充电时间、车内和车外温度以及车辆位置等信息。此外 App 还显示地图上的充电站并可轻松发送至车辆导航系统。因此可以远程方式控制动力蓄电池充电过程以及车内空间预空气调节。

BMW i Remote App 是对之前 My BMW i Remote App 的进一步开发，专门针对电动车机动性的特殊要求而量身定制。

在此之前通过主控单元实现远程功能，在 I01 上通过远程通信系统盒 TCB 执行相关功能。因此可将 BMW i Remote App 的响应时间降至最低。

通过智能手机执行的远程功能可找到车辆、显示附近的充电站、允许动力蓄电池充电、按压按钮启用舒适功能以及提供有关当前车辆数据的信息如动力蓄电池充电状态。

宝马 i3 与充电站连接时，可远距离启动、结束或通过定时器控制充电过程，如图 5-20 所示。

通过 BMW i Remote App 可选择导航目的地或无人使用的充电站并将其传输至车辆。通过智能型 BMW i Remote App，驾驶人可在行驶前制订路线计划并持续检查最大续驶里程。驾驶人可通过其智能手机选择目的地并将其传输至车辆。

如果客户在行驶目的地离开车辆，也可通过集成在 BMW i Remote App 内的步行导航功能为自己导航至最终目的地。为此自动通过 BMW Connected Drive 服务器将驾驶人事先在车上选择的导航目的地发送至 BMW i Remote App。

图 5-20　BMW i Remote App 控制充电过程

BMW i Remote App 可与带有 iOS 或安卓操作系统的设备（例如智能手机）一起使用。

BMW i Remote App 包括三个主菜单项：①状态；②机动性；③效率。

1. BMW i3 Remote App 主菜单项状态

在"状态"菜单内客户可对车内空间进行预先空气调节、控制充电过程并显示车辆特有信息（例如动力蓄电池充电状态、续驶里程等）。车辆带有选装配置驾驶人和前乘客座椅加热装置（SA 494）时根据需要对动力蓄电池进行加热。从而优化续驶里程。在图 5-21 所示的 BMW i3 Remote App 状态中，动力蓄电池充电状态为 92%，续驶里程为 110km。

2. BMW i3 Remote App 主菜单项"机动性"

客户可通过"机动性"菜单的"步行导航"功能导航至其目的地或其车辆。此外该菜单还提供有关可选充电站、续驶里程示意图（续驶里程范围）以及有关公共交通情况等的信息。也可从智能手机向车辆发送地址或兴趣点 POI，如图 5-22 所示。

图 5-21　BMW i3 Remote App 主菜单项
"状态"

1—状态　2—上次更新　3—电动续驶里程
4—预设充电时间

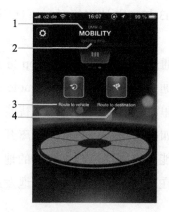

图 5-22　BMW i3 Remote App 主菜单项
"机动性"

1—机动性　2—数据更新　3—至车辆的路线
4—至目的地的路线

3. BMW i3 Remote App 主菜单项"效率"

驾驶人可在行驶结束后以匿名方式与其他宝马 i3 用户进行行驶性能比较。驾驶人会获得更加高效的驾驶方式说明以及优化行驶性能的相关提示。在上述示例中，上次行驶的效率为 65%，如图 5-23 所示。

在 BMW i Remote App 内可提供以下子菜单，见表 5-3。

图 5-23　BMW i3 Remote App 主菜单项"效率"

1—效率　2—上次更新

表 5-3　BMW i Remote App 子菜单

状态	机动性	效率
车辆信息	POI 发送至汽车	Efficiencytainment（效率娱乐）；CO_2 计数器
远程服务	上次的英里数	Efficiencytainment（效率娱乐）；指导
车辆状态	至车辆的路线	Efficiencytainment（效率娱乐）；统计
充电定时器	搜索电动车充电站和显示充电站	Efficiencytainment（效率娱乐）；社会
现在适应环境	电动车充电站预订	Efficiency Trainer（效率培训师）；行驶后，行驶日志
续驶里程	电动车充电站滤清器	Efficiency Trainer（效率培训师）；行驶期间
	电动车充电站占用显示	Efficiencytainment（效率娱乐）；充电分析
	续驶里程范围优选 POI+ 可达性	

任务 2　纯电动汽车操作功能指南

学习目标

掌握纯电动汽车的操作功能。

职业素养要求

1. 严格执行汽车检修规范，养成严谨科学的工作态度。

2. 养成总结训练结果的习惯，为下次训练积累经验。

3. 养成团结协作的精神。

4. 严格执行 5S 现场管理。

任务与思考

1. 请查阅资料说明宝马 i3 的变速开关和中控台有哪些功能。

2. 请查阅带增程器（发动机）的宝马 i3 应急操作过程。

知识学习

一、变速开关

在宝马 i3 上，变速开关用于选择一个前进位，如图 5-24 所示。它安装在转向柱上。它是一个单稳态转子式变速开关，即松开旋转开关后就会返回其原始位置。转动旋转开关时，轴体随之一起转动，在轴的另一端带有一个磁铁。通过变速开关内的一个分析电路探测磁铁的移动换入相应的前进位。

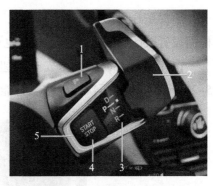

图 5-24　宝马 i3 变速开关

1—驻车按钮　2—旋转开关　3—挡位显示
4—START-STOP 按钮　5—功能指示灯

通过朝相应方向转动旋转开关时可选择常用前进位"D""N""R"。通过按压驻车按钮挂入驻车锁。

通过带辅助线的变速示意图显示前进位。当前前进位用绿色突出显示。

通过按压 START-STOP 按钮可接通或关闭不同总线端。I01 的总线端性能与 F 车型系列常用性能相同。

通过同时操作制动踏板和 START-STOP 按钮来启用行驶准备。启用行驶准备后，START-STOP 按钮周围会亮起蓝色显示并发出变大的声音信号。停用行驶准备后，START-STOP 按钮周围会亮起橙色显示并发出变小的声音信号。

二、智能型安全系统

图 5-25 所示为音响和空调操作面板。

在危险警告灯开关下方有"智能型安全按钮"。该按钮可接通或关闭碰撞警告和行人警告等功能。接通行驶准备后，就会自动接通碰撞警告和行人警告功能。智能型安全按钮上的指示灯以绿色亮起，表示两项功能均已启用，如图 5-26 所示。

图 5-25 音响和空调操作面板

1—智能型安全按钮

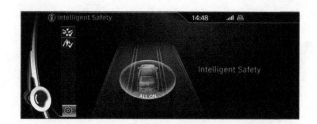

图 5-26 智能型安全系统所有功能均已启用

短促按压智能型安全按钮后，在 CID 内会显示"智能型安全系统"子菜单。在此根据设置关闭一项或两项功能，也可通过控制器有选择地接通和关闭两项功能。

在此情况下，智能型安全按钮上的指示灯以橙色亮起或熄灭（根据设置），如图 5-27 所示。通过再次短促按压智能型安全按钮，可重新启用两项功能。

图 5-27 智能型安全系统（其中一项功能未启用）

通过长按智能型安全按钮可停用两项功能，在此情况下，智能型安全按钮上的指示灯熄灭。通过短促按压智能型安全按钮可重新启用两项功能，智能型安全按钮上的指示灯再次以绿色亮起。

三、中控台

宝马 i3 中控台如图 5-28 所示。

1. 自动松开驻车制动

在驻车制动器启用状态下，无须操作驻车制动按钮便可起步。驾驶人操作加速踏板时它就会自动松开。自动松开电动机械式驻车制动器的前提条件：①已关闭所有车门；②已系上驾驶人安全带；③已建立行驶准备；④已操作电动机械式驻车制动器；⑤已换入前进位；⑥已操作加速踏板。

图 5-28　宝马 i3 中控台
1—驻车制动按钮

2. 驾驶体验开关

通过驾驶体验开关可对特定车辆性能进行调节，如图 5-29 所示。为此，有三种驾驶模式可供选择：

1）COMFORT（标准模式，最大系统和功能可用性）。

2）ECO PRO（采取降低能耗的协调方式从而提高续驶里程）。

3）ECO PRO+（针对最大续驶里程进行调节，最高车速为 90km/h）。

通过朝相应方向按压驾驶体验开关来选择各驾驶模式。在组合仪表 TFT 显示屏内显示驾驶模式 ECO PRO 和 ECO PRO+，此外还会亮起自动空调显示。CID 内显示驾驶模式切换情况（设置→驾驶模式→驾驶模式信息）。

图 5-29　宝马 i3 中控台的
驾驶体验开关
1—驾驶体验开关

四、滑行时没有能量消耗

滑行是一种非常高效的运行模式。此时只通过行驶阻力使车辆减速，动力蓄电池与电机之间没有任何能量流动。为了进行滑行，必须踩下加速踏板直至组合仪表中部出现相应标记，如图 5-30 所示。

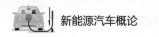

图5-30　宝马i3滑行时组合仪表内的显示

五、应急操作

带增程器（发动机）的宝马i3应急操作如图5-31所示。

图5-31　带增程器（发动机）的宝马i3应急操作

1—行李舱盖应急开锁装置　2—充电接口盖应急开锁装置　3—充电插头应急开锁装置
4—驾驶人侧车门应急开锁装置　5—发动机舱盖应急开锁装置

任务3　混合动力汽车显示系统功能指南

学习目标

掌握混合动力汽车显示系统功能。

职业素养要求

1. 严格执行汽车检修规范，养成严谨科学的工作态度。

2. 养成总结训练结果的习惯，为下次训练积累经验。

3. 养成团结协作的精神。

4. 严格执行 5S 现场管理。

⚙ 任务与思考

请查阅奥迪 Q5 hybrid quattro 资料，说明该车型显示系统功能包含哪些。

💡 知识学习

奥迪 Q5 hybrid quattro 装备下述装置和功能，用于操纵和显示电动驱动系统：①功率表（取代了转速表）上的显示；②组合仪表上的显示；③ MMI- 显示屏上的显示；④动力蓄电池充电状态显示（取代了冷却液温度显示）；⑤电驱动优先切换按钮 E709。

一、功率表上的显示

在行车过程中，功率表上会显示各种车辆状态、混合动力系统的动力输出情况或者充电功率情况。图 5-32 所示为奥迪 Q5 hybrid quattro 功率表上的显示功能图。

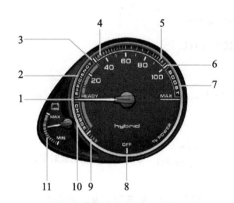

图 5-32　奥迪 Q5 hybrid quattro 功率表上的显示功能图

1—车辆准备就绪，"15 号线接通"且"50 号线接通"　2—电动行驶（可以起动发动机）或混合动力形式
3—在 EV 模式发动机起动的极限　4—经济行车（部分负荷范围）　5—全负荷范围　6—内燃机 100%
7—电驱动电机在发动机达到最大转矩时另提供助力　8—"15 号线关闭"或"15 号线接通"和"50 号线关闭"
9—液压制动器通过能量回收另增的回收能量　10—通过能量回收而回收的能量（制动和滑行）
11—动力蓄电池的充电状态

二、组合仪表上的显示

1. 显示－故障信息

如果高压系统有故障，那么组合仪表显示屏上的警告灯会加以提示。该警告灯可能以黄色亮起，也可能以红色亮起。根据高压系统的故障类型，会显示相应的颜色和提示文字。故障信息见表5-4。

表5-4　故障信息

显示	文字提示	含义
HYBRID	Hybridantrieb：（混合动力驱动装置） Systemstung：（系统故障） Bitte Service aufsuchen：（请寻求服务站帮助）	车辆仍能行驶，可以使用内燃机来驱动车辆继续行驶
HYBRID	Hybridantrieb：（混合动力驱动装置） Systemstung：（系统故障） Ausfall Lenk-und Bremsunterstützungmlich：（转向助力和制动助力可能失灵）	车辆无法继续行驶

2. 显示—动力蓄电池充电

如果识别出有充电电流，组合仪表显示屏上会出现一个绿色的充电插头形象，如图5-33所示。

识别出有充电电流时组合仪表显示屏上的显示

图5-33　显示动力蓄电池充电

3. 显示—组合仪表显示屏

电动驱动模式也会在组合仪表显示屏上显示出来。动力蓄电池符号和远离车轮的箭头表示：正在用动力蓄电池来驱动且驱动电机正在工作。组合仪表显示屏上也会显示所有其他的行驶状态。显示内容只针对相应的行驶状态。

（1）显示—Hybrid Ready　这个显示内容表示混合动力系统已经准备就绪、可以工作了，如图 5-34 所示。

（2）显示—使用电机来驱动车辆行驶　动力蓄电池符号和远离车轮的绿色箭头表示：正在用动力蓄电池来驱动且电驱动电机正在工作，如图 5-35 所示。

（3）显示—仅用内燃机来行车　内燃机符号、动力蓄电池符号和远离车轮的黄色箭头表示：现在是以内燃机来驱动车辆行驶的，如图 5-36 所示。

（4）显示—同时使用电驱动和内燃机来行车　内燃机符号、动力蓄电池符号和远离车轮的黄色 - 绿色箭头表示：正在用内燃机、高压蓄电池和驱动电机来驱动车辆行驶，如图 5-37 所示。

（5）显示—车辆滑行时的能量回收 <160km/h　动力蓄电池符号和指向车轮的绿色箭头表示：正在回收能量且正在给动力蓄电池充电，如图 5-38 所示。

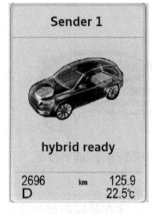

图 5-34　Hybrid Ready

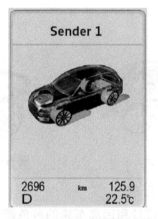

图 5-35　使用电机来驱动车辆行驶

图 5-36　仅用内燃机来行车

图 5-37　同时使用电驱动
和内燃机来行车

图 5-38　车辆滑行时的
能量回收

图 5-39　停车和内燃机运
转充电

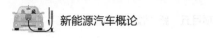

（6）显示—停车和内燃机运转充电 内燃机符号和动力蓄电池符号表示：内燃机正在运转且正在给动力蓄电池充电，如图 5-39 所示。

三、MMI- 显示屏上的显示

奥迪 Q5 hybrid quattro 装备有 MMI 增强版导航系统。因此，就可以在 MMI 显示屏上显示使用内燃机或者驱动电机驱动车辆行驶的信息，以及动力蓄电池的充电状态信息。MMI 显示屏上的显示与组合仪表上的显示有所不同。

（1）显示—Hybrid Ready

这个显示内容表示混合动力系统已经准备就绪、可以工作了，如图 5-40 所示。

（2）显示—仅用电机来驱动车辆行驶

动力蓄电池符号和远离车轮的绿色箭头表示：正在用动力蓄电池来驱动且驱动电机正在工作，如图 5-41 所示。

图 5-40 Hybrid Ready　　　　图 5-41 仅用电机来驱动车辆行驶

（3）显示—仅用内燃机来行车

内燃机符号、动力蓄电池符号和远离车轮的黄色箭头表示：现在是以内燃机来驱动车辆行驶的，如图 5-42 所示。

（4）显示—同时使用电驱动和内燃机来行车

内燃机符号、动力蓄电池符号和远离车轮的黄色 - 绿色箭头表示：正在用内燃机、动力蓄电池和驱动电机来驱动车辆行驶，如图 5-43 所示。

图 5-42 仅用内燃机来行车　　　　图 5-43 同时使用电驱动和内燃机来行车

（5）显示—车辆滑行时的能量回收 <160km/h

动力蓄电池符号和指向车轮的绿色箭头表示：正在回收能量且正在给动力蓄电池充

电，如图 5-44 所示。

（6）显示—停车和内燃机运转充电

内燃机符号和动力蓄电池符号表示：内燃机正在运转且正在给动力蓄电池充电，如图 5-45 所示。

图 5-44　车辆滑行时的能量回收

图 5-45　停车和内燃机运转充电

（7）显示—消耗统计

每 5min 就会显示一次车辆行驶时的能量消耗和能量回收情况。这些数据表示的是刚刚过去的 60min 内的情况，以柱形图的形式给出。实心的柱形图表示的是当前的行车状况，空心的柱形图表示的是以前的行车状况。如图 5-46 所示。

（8）操纵面板

使用电驱动优先切换按钮 E709（EV 模式），驾驶人可以扩展电动行驶的极限，电机的全部功率都用于车辆的电动行驶中。只要车速不高于 100km/h 或者蓄电池的充电状态不低于 34%，那么就可以使用纯电动方式来驱动车辆行驶。如图 5-47 所示。

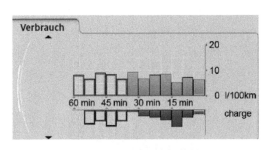

图 5-46　显示消耗统计

图 5-47　操纵面板

使用 EV 模式行车的先决条件：

①蓄电池充电状态 >42%。

②动力蓄电池温度 >+10℃。

③内燃机冷却液温度在：5~50℃。

④车外温度 ≥+10℃（用于 EV 冷起步）。

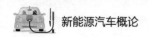

⑤ 12V 起动机已释放。

⑥海拔 <4000m。

⑦非 Tiptronic 模式。

⑧系统有效电功率 ≥15kW。

⑨停止 – 使能在起作用。

组合仪表上出现一个绿色符号且 EV 模式按钮下出现一个绿色的方块，表示 EV 模式已经激活，如图 5-48 所示。

图 5-48　组合仪表上出现一个绿色符号 EV 模式

⑩失效时的影响失效对混合动力驱动无影响，只是扩展了的电动行驶的附加功能无法使用。